家风

我的家风第一课

百年家国梦

中国妇女儿童博物馆 / 主编
徐 鲁 / 编著

天津出版传媒集团
新蕾出版社

图书在版编目 (CIP) 数据

百年家国梦 / 徐鲁编著 ; 中国妇女儿童博物馆主编. — 天津 : 新蕾出版社, 2024.6
（我的家风第一课）
ISBN 978-7-5307-7696-4

Ⅰ. ①百… Ⅱ. ①徐… ②中… Ⅲ. ①故事 – 作品集 – 中国 – 当代 Ⅳ. ① I247.8

中国国家版本馆 CIP 数据核字 (2024) 第 010883 号

书　　名	百年家国梦　BAINIAN JIAGUO MENG
出版发行	天津出版传媒集团 新蕾出版社 http://www.newbuds.com.cn
地　　址	天津市和平区西康路 35 号（300051）
出 版 人	马玉秀
电　　话	总编办（022）23332422 发行部（022）23332351　23332676
传　　真	（022）23332422
经　　销	全国新华书店
印　　刷	天津新华印务有限公司
开　　本	880mm×1230mm 1/32
字　　数	100 千字
印　　张	6.75
版　　次	2024 年 6 月第 1 版　2024 年 6 月第 1 次印刷
定　　价	32.00 元

著作权所有，请勿擅用本书制作各类出版物，违者必究。
如发现印、装质量问题，影响阅读，请与本社发行部联系调换。
地址：天津市和平区西康路 35 号
电话：（022）23332676　邮编：300051

总 策 划　蔡淑敏
主　　编　寇虎平　宋　放
执行主编　梁　红
编　　委　徐　鲁　张　星　徐德明　赵斌斌
　　　　　郝轶超　徐珊珊　曹建慧　史春晖

目　录

① 李大钊：播火的人

- 劳动创造世界 …………………… 002
- 教孩子们唱《国际歌》 ………… 004
- 播火的人 ………………………… 005
- 清正家风　代代传承 …………… 007
- 博物馆里的珍贵记忆 …………… 011

② 陈望道：真理的味道非常甜

- 春风吹拂的夜晚 ………………… 017
- 不为人知的"小插曲" ………… 020
- 清正的家风 ……………………… 022
- 一封珍贵的书信 ………………… 024
- 博物馆里的珍贵记忆 …………… 026

3 蔡和森和他的"革命母亲"：心向光明 母子同行

- 恰同学少年 …………………… 030
- 革命的母亲 …………………… 032
- 正气浩然的家风 ……………… 035
- 博物馆里的珍贵记忆 ………… 038

4 向警予：中国现代妇女运动的先驱

- 九儿的志向 …………………… 042
- 七姐妹的誓言 ………………… 044
- 伴侣与战友 …………………… 047
- 博物馆里的珍贵记忆 ………… 050

5 方志敏：清贫的本色

- 心中装着"可爱的中国" …… 056
- 少年识尽愁滋味 ……………… 057
- 共产党人的信仰 ……………… 060
- 清贫的本色 …………………… 064
- 把气节留在人间 ……………… 067
- 博物馆里的珍贵记忆 ………… 069

6 赵一曼：红枪白马 抗日传奇

- 宁死不屈的女英雄 ……………074
- "红枪白马"的女政委 …………075
- 就义前写下的"示儿书" ………078
- 博物馆里的珍贵记忆 …………080

7 杨靖宇：像钢铁一样坚强的人

- 威风凛凛的"胡子伯伯" ………084
- 杨靖宇和"少年铁血队" ………086
- 桦树皮与"传家宝" ……………089
- 博物馆里的珍贵记忆 …………093

8 王朴和母亲金永华：为理想献出一切

- 黎明前的号角 …………………101
- 深明大义的母亲 ………………103
- 母亲的骄傲 ……………………107
- 博物馆里的珍贵记忆 …………110

9 江竹筠：盼教以踏着父母之足迹

- 灼灼红梅 …… 116
- 我知道我该怎么样子的（地）活着 …… 117
- 写在狱中的"托孤书" …… 120
- 博物馆里的珍贵记忆 …… 124

10 谢觉哉和夫人王定国：言传身教 传承红色火种

- 一对革命的老战士 …… 128
- 言传身教的好家风 …… 130
- 生命的火种 …… 133
- 博物馆里的珍贵记忆 …… 136

11 谷文昌和夫人史英萍：好家风是珍贵的"传家宝"

- 两只木箱子的家当 …… 142
- 清正的家风 …… 146
- 珍贵的"传家宝" …… 150
- 博物馆里的珍贵记忆 …… 153

12 甘祖昌和夫人龚全珍：打赤脚的将军

将军回到家乡 …… 158
艰苦朴素的家风 …… 160
甘爷爷是"一盏明亮的灯" …… 164
不要给我盖房子 …… 166
博物馆里的珍贵记忆 …… 169

13 申纪兰：风雨兼程　见证时代

男女应记一样的工分 …… 175
当人大代表就要代表人民 …… 178
脱贫路上决不掉队 …… 180
以身作则教育后人 …… 182
博物馆里的珍贵记忆 …… 184

14 张富清：初心本色　付此一生

清正廉洁　干净做人 …… 190
深藏功名　淡泊名利 …… 193
忠诚不改　初心不忘 …… 195
生活简朴　勤俭持家 …… 197
博物馆里的珍贵记忆 …… 200

后记 …… 203

1

李大钊：
播火的人

扫码听书
"声"临其境

劳动创造世界

李大钊像一盏明灯,给旧中国漫漫的长夜送来了光明;像古希腊神话中盗火的普罗米修斯,给寒冷和迷茫中的旧中国找到了共产主义的火种,又亲手播撒在中华大地上。

李大钊,字守常,1889年10月29日出生在河北省乐亭县。他的童年时代十分悲惨。他还未出生时,父亲李任荣就患肺病离开了人世;他刚过周岁,母亲周氏又因悲伤过度,不幸早逝。

年老的祖父李如珍一手将李大钊养大成人。祖父平时对他管教甚严,不准他看人赌博,更不许他骂人、打架,否则就罚他大热天站在房顶上,或者手持沉重的木杈翻晒麻秆等。这种严格的家教,影响了李大钊的一生。

李大钊从年轻时候起,就怀着"铁肩担道义,妙手著文章"的远大抱负,义无反顾地在寻求救国真理、追寻自由光明的道路上前进。他做了父亲之后,又把这种追求美好理想的"家风",传递到了子女身上。他教育子女的一些小故事至今仍广为传颂。

有一年冬天,大雪纷纷扬扬下个不停,不一会儿,院子里就铺了厚厚一层雪。李大钊对女儿和儿子说:"你们看,雪下得多大呀,来,我们一起到院子里扫雪去。要是高兴的话,堆个大雪人也很好呀!"

孩子们的外祖母心疼孩子们,就说:"大冷天的,还叫孩子们去扫雪,要是冻病了怎么办?"

李大钊笑着说:"小孩子就应当从小养成吃苦耐劳的习惯,免得长大了什么也不会做。经常参加体力劳动,也能增强抵抗力。待在家里不动弹,就更怕冷了。"

说完,他和孩子们就拿了簸箕与扫帚打扫起来。他一边打扫积雪,一边对孩子们说:"将来谁也不能当'寄生虫',谁要是不劳动,谁就没有饭吃!"孩子们边扫雪,边听父亲讲故事,讲"劳动创造世界"的道理,他们一点儿也不觉得冷,反而越扫越有劲儿……

教孩子们唱《国际歌》

一个夏天的晚上,李大钊有了一点儿空闲,就把儿子葆华、女儿星华等喊进书房,要他们把学校里教的歌唱给他听听。

孩子们高兴地唱起了孔德学校的校歌:"啊,我们亲爱的孔德,啊,我们的北河沿!你永是青春的花园,你永是美丽的王国……"

李大钊听完歌,笑着说:"北河沿是一条又脏又臭的水沟,我每天到北京大学去都从那里经过,河水臭烘烘的,怎么能说是孩子们青春的花园、美丽的王国呢?这首歌太不现实了,这不是让孩子们睁着眼睛撒谎吗?"

说完,他就教孩子们唱《国际歌》。他自己一边弹琴,一边用低沉的声音唱着。他叮嘱孩子们:"唱这首歌,声音不能太大,让街上警察、暗探听见,他们会把我们抓起来的。"

他不仅教孩子们唱,把歌词大意讲解给他们听,还用家乡一位穷苦大伯一年到头辛苦劳作,全家还是吃不饱穿不暖的故事做例子,帮助孩子们领会歌词的意义……

就这样,教了没几遍,孩子们就都会唱《国际歌》了,而且深深地爱上了这首伟大的歌曲。他们长大后,也都走上了革命的道路,成了国家的栋梁。

播火的人

1916年,李大钊从日本回国,后来在北京大学任图书馆主任兼教授。一年后,俄国十月革命一声炮响,给中国送来了马克思列宁主义。中国的先进分子从马克思列宁主义的科学真理中看到了解决中国问题的出路。

李大钊是中国举起十月革命旗帜的第一人,是中国最早的马克思主义传播者。他认真研究了苏维埃俄国的革命实践,结合中国当时黑暗的社会现实,清醒地认识到马克思主义代表着人类的真理,只有马克思主义,才能为人类带来光明,只有共产主义才能救中国。1920年年初,李大钊与陈独秀相约,在北京和上海分别活动,筹建中国共产党。

李大钊在北京奔走和努力,陈独秀在上海遥相呼应,"南陈北李,相约建党"成为中国革命史上的一段佳话。

1926年3月,李大钊在极端危险和困难的处境中,又参加和领导了在北京的反对帝国主义和北洋军阀的爱国运动,号召民众团结起来,反抗帝国主义,反对军阀的卖国行为。他的革命活动让卖国求荣的北洋军阀将其视为眼中钉、肉中刺。1927年4月6日,奉系军阀张作霖以"宣传赤化"的罪名,逮捕了李大钊。

在狱中,李大钊受尽了酷刑,却始终坚守信念,严守党的秘密,表现出一个共产党人坚贞不屈的崇高气节。4月28日,北洋军阀政府不顾民众的强烈义愤,竟然丧心病狂地把李大钊等20多位革命志士带到秘密的"特别法庭",突然宣判了他们的死刑,然后秘密地杀害了他们!

临刑前,李大钊毫无惧色、视死如归,他大义凛然地对刽子手们说道:"你们不要以为,你们今天绞死了我,就绞死了伟大的共产主义。不！共产主义在中国必然得到光辉的胜利！"最后他高呼着"共产党万岁"慷慨就义，年仅38岁。

清正家风　代代传承

李大钊说过："吾人自有其光明磊落之人格，自有真实简朴之生活，当珍之、惜之、宝之、贵之，断不可轻轻掷去，为家族戚友作牺牲，为浮华俗利作奴隶。"这些话是他对同志的忠告和叮嘱，也蕴含着他倡导的清正、简朴的家教与家风。

他在北京大学工作期间，每月工资140块大洋（1920年薪俸金额），除了供全家维持生活外，其余全部用来接济贫寒的青年、资助革命活动，或充作建党初期的活动经费。他自己常常是"黄卷青灯，茹苦食淡，冬一絮衣，夏一布衫"，过着极其俭朴的生活。

1920年10月,北京共产党早期组织成立后,李大钊每月都要从自己的工资中拿出80块大洋,作为组织的活动经费。有时,因为多次资助家境贫困的学生,到发工资时,他从会计科那里领回来的竟然是一沓欠条。为了不让李家"断炊",当时的北京大学校长蔡元培只好嘱咐会计科,每月先从李大钊的工资中拿出50块大洋,单独交给李大钊的夫人赵纫兰保管。

当年,北京宣武门附近的一条胡同里,有一个专门卖旧货的地方。作为一位大学名校的教授,李大钊却经常去那里买些旧家具、旧书。有一天晚饭后,他又带着孩子来到这里,买回一架看中了多日的旧风琴。回家后,他把风琴擦了又擦,看上去就像新的一样。后来一有空闲,他就坐在风琴前,不是教孩子们弹琴,就是和孩子们一起边弹边唱。

受到父亲言传身教和清正简朴的家风影响,李大钊的孩子们从小都养成了勤俭生活的习惯,也传承了父亲正直、清廉和克己奉公的共产党人的作风。

李大钊的长子李葆华,十几岁时就在父亲的引导下走上了革命道路。李大钊就义后,李葆华为躲避抓捕,在友人的帮助下东渡日本,考入了东京高等师范学校物理化学系,在日本加入了中国共产党。全民族抗日战争爆发后,李葆华毅然中断学业,回到祖国投入抗战的洪流之中。新中国成立后,李葆华成为党和国家的高级干部,曾任国家水利电力部党组书记、副部长,在水利水电战线上奋斗了12年,后来又担任过安徽省委第一书记、中国人民银行行长等重要职务。

无论担任什么职务,李葆华都和父亲李大钊一样,清廉简朴、两袖清风,克勤克俭地为党、为国家工作,全心全意地为人民服务。有人去过他家,看到他家里使用的多是老旧的家具,客厅里的沙发不但旧,还一坐就是一个"坑"。他家住的房子,也是20世纪70年代的简陋建筑。

李大钊的孙子、李葆华的儿子李宏塔,又继续传承着祖父和父亲清正简朴的好家风。李宏塔曾担任安徽省民政厅厅长,每次单位组织送温暖、献爱心之类的捐助活动,李宏塔总是捐得最多的那一位。他曾先后四次主持分房工作,经手的房子近200套,自己全家却始终住在一套面积仅60

平方米的旧房子里。

当年,李大钊就义后,留给家里的"遗产"仅有1块大洋。因为没钱安葬,最后是向公众募集来一点儿安葬费,才让他入土为安的。李葆华去世后,有人也问过李宏塔:"你父亲给你们留下了多少遗产?"李宏塔如实相告:"我们不需要什么遗产。李大钊的子孙有精神遗产就足够了。"

2016年7月,李大钊的另一个孙子李建生,在北京香山李大钊烈士陵园里对一位前来采访的记者这样说道:

"他(李大钊)的子女们都在党组织的关怀和培养下,走上了革命的道路,同时,也用自己的行动传承着先辈的优秀品格。他们有两个共同的特点:一是在组织面前没有个人利益,工作和待遇都服从组织安排,从不计较个人得失;二是从不炫耀烈士后代的身份,更不会以此要求组织给予丝毫的特殊待遇,认认真真做事,老老实实做人。

"我爷爷的感人事迹不仅是(他自己的)人生记录,更是后代的一面镜子,他的革命精神以及高尚的人格风范,将一代代地传承下去。"

博物馆里的珍贵记忆

李大钊书赠杨子惠对联

这是李大钊写给友人杨子惠的一副对联,现藏于中国国家博物馆。对联中的文字化用了明代官员杨继盛的诗句"铁肩担道义,辣手著文章"。杨继盛性格刚正不阿,李大钊非常欣赏他的气节。这副对联既表达了李大钊对友人的勉励,也是他一生精神风范的真实写照。

1916年，李大钊从日本归国，开始寻求救国之道。他积极投身于新文化运动，宣传民主和科学精神，成为新文化运动的干将。后来，他相继发表了大量宣传十月革命和马克思列宁主义的文章与演说，并积极领导和推动五四运动，成为中国共产主义运动的先驱、中国最早的马克思主义传播者，为中国人民找到了一条光明的救国道路。

李大钊故居

1920年春至1924年1月，李大钊一家在北京石驸马大街后宅35号（今北京市西城区文华胡同24号）北院居住过将近四年，这里是他在故乡之外与家人生活时间最长的一处居

所，也是他传播马克思主义、创立中国共产党、领导北方工人运动等一系列革命实践活动最具代表性的历史见证。

李大钊非常喜欢这处住宅，这里是他与妻子、儿女生活在一起最快乐、最开心的地方。李大钊的次子光华出生在这里，他的长子葆华、长女星华都是在这里耳濡目染，最终走上了革命的道路。

走进故居，我们仿佛还能看到李大钊当年忙碌的身影：他在这里主持党的会议，接待文化名人、朋友和青年学生，写出了一篇篇振聋发聩、发人深省的诗作与文章。

陈望道：
真理的味道非常甜

马克思和恩格斯共同完成的《共产党宣言》,是国际共产主义运动的第一个纲领性文献,也是马克思主义诞生的标志。人们说它像一颗"精神原子弹",一经问世,就震撼了整个世界。

那么,第一个把《共产党宣言》翻译成中文的人是谁呢?

春风吹拂的夜晚

1920年,一个温暖的春夜里,在浙江义乌分水塘村一间简陋的柴房里,一个年轻人正在油灯下奋笔疾书。

母亲看到儿子天天在柴房里埋头熬夜,心疼得不得了,特地弄了些糯米给他包了几个粽子,并端来一碟红糖汁,嘱

浙江义乌陈望道故居"真理的味道"故事复原场景

咐他用粽子蘸着趁热吃,还细心地问:"红糖够不够?不够再给你添些……"正在聚精会神工作的儿子头也没抬,随口回答道:"够甜,够甜了!"

可是,母亲再次进来收拾碗筷时,却吃惊地看到儿子嘴上满是墨汁,红糖汁却一点儿也没动。原来,他蘸着砚台里的墨汁把几个粽子吃掉了……

这个忘我工作的年轻人,就是中国共产党早期活动家、新文化运动先驱,后来成为著名语言学家、教育家的陈望道。此时,29岁的陈望道正在潜心翻译一本重要的书——《共产党宣言》。

1920年3月,曾任浙江省立第一师范学校国文教员的陈望道,受托根据日文版、英文版的《共产党宣言》翻译成中文版本,其中日文版由上海寄来,英文版则是陈独秀通过李大钊从北大图书馆借出来的。

当时,要完成这本小册子的翻译,起码要具备三个条件:一是对马克思主义有深入的了解,二是至少得精通德、英、日三门外语中的一门,三是要有较高的语言修辞素养。

陈望道在日本留学时就接受了马克思主义,后来他又成为上海共产党早期组织的成员、中国共产党最早的一批党员之一。他来翻译《共产党宣言》,第一个条件毫无问题。另外,他曾留学日本,精通日语,又懂英文,汉语功底更好,第二、三个条件也都具备。

在接受了这个光荣的任务后,为了避开各种干扰,陈望道便回到乡下老家,开始专心译书。

看着嘴上满是墨汁的儿子,母亲心里着急,可又帮不上什么忙,就叹着气对村里人说:"哎呀,我这个儿子,读书读没用了,红糖汁和墨汁都分不清,粽子都蘸着墨汁吃了。"

低矮的老屋柴房,光线不太好,母亲怕儿子费眼睛,每天还特意在油灯碗里放上两根灯芯,好让灯光照得更明亮一些。

陈望道发现了这个"秘密",心里过意不去,愧疚地想:这么多年来我不在家,没有好好孝敬父母,现在还要父母来照顾我,我又给家里增添负担,这怎么得了啊!所以,为了节省灯油,陈望道每次都把母亲点燃的两根灯芯又悄悄掐灭一根……

不为人知的"小插曲"

因为是《共产党宣言》的第一个中文译本,陈望道在翻译时,手边没有更多的译本可供参考。翻译过程中,他逐字逐句地斟酌和推敲,用他自己的话说,"花了比平时多五倍的功夫"。

比如《共产党宣言》开头第一句,现在通用的译文是:"一个幽灵,共产主义的幽灵,在欧洲游荡。"陈望道是这样翻译的:"有一个怪物在欧洲徘徊着,这怪物就是共产主义。"在当时的语境下,这样翻译比较符合中国人的阅读习惯。

陈望道翻译的《共产党宣言》,通篇都采用了当时的"文学改良运动"提倡的现代白话文,所以读起来十分通畅明白。仅从语言风格上看,就表现出了明显的"中国特色"。

1920年4月底,陈望道终于完成了《共产党宣言》全书的翻译。同年8月,在共产国际的资助下,陈望道的译本在上海以"社会主义研究社"的名义,作为"社会主义研究小丛书"的第一种出版。

当时还发生了一个很少有人知道的"小插曲"——因为印刷时间仓促,8月份印出来的第一版《共产党宣言》的书名,竟然被错印成了"共党产宣言"。因为这一版的封面上,马克思的半身像是红色的,所以被称为"红头版"《共产党宣言》。9月份再版时,错印的书名改正了,封面颜色也印成了蓝色,所以这一版又被称为"蓝头版"《共产党宣言》。

就在《共产党宣言》第一版中文译本印行面世300多天后,1921年7月23日,中国共产党第一次全国代表大会(简称党的一大)在上海开幕。由于会场受到暗探注意和法租界巡捕搜查,最后一天的会议转移到浙江嘉兴南湖的游船上举行。党的一大宣告中国共产党正式成立。

中国共产党的诞生,是中国历史上一件开天辟地的大事。在漫漫长夜里苦苦摸索、艰辛跋涉着的

"蓝头版"《共产党宣言》

中国人民,从此由这个坚强、伟大的政党带领着,踏上了新的奋斗征程……

1939年底,毛主席在延安对一位到马列学院学习的同志讲,他看《共产党宣言》,看了不下100遍,有时只阅读一两段,有时全篇阅读,每读一次都会有新的启发。近些年来,习近平总书记也多次讲过陈望道翻译《共产党宣言》时,因为太过专心竟把墨汁当成红糖汁蘸着吃的故事。总书记还意味深长地说,这正好证明了"真理的味道非常甜"。

清正的家风

新中国成立后,陈望道担任过复旦大学校长,还曾担任民盟中央副主席、大型辞书巨著《辞海》的主编,是闻名全国的教育家、语言学家。

陈望道是兄妹五人中的老大,有两个妹妹、两个弟弟。由于从小受到父母亲清正家风的影响,陈望道兄妹们都十分孝敬父母,兄妹之间也相处融洽。长兄如父,陈望道对弟弟妹妹都很照顾,即便弟弟妹妹各自成家后,他还会时常给予力所能及的资助,从来没有怨言。在对待工作和公家的事情上,他更是以身作则,凡事都为弟弟妹妹做出表率。

陈致道是陈望道最小的弟弟,两人之间年龄相差很大。陈望道对这个小弟非常疼爱,不但带着小弟在复旦大学读书,还介绍小弟到广西师范大学担任助教,后来又送小弟去日本留学。1937年七七事变爆发前夜,陈望道想方设法,第一时间通知在日本的小弟:"赶快回国,什么东西都不要带,一个人走!"小弟总算安全回到了祖国。

陈致道是一位无党派人士,新中国成立后,曾在义乌几所中学担任领导。每次见面,陈望道都要细心叮嘱:"阿弟,你虽不是党员,但只要是经学校党支部研究或组织上决定的事情,不管你在场或不在场,都要坚决听党的话,认真贯彻执行。"

这个小弟郑重其事地把大哥的嘱托一一记在日记本上,时刻不忘。他没有辜负大哥的期望,在教育界勤勤恳恳奉献了一辈子。回忆起自己的"讲台一生",陈致道感慨地说:"这与我从小接受良好的家风家教熏陶,以及大哥陈望道的谆谆教导是分不开的。"

一封珍贵的书信

1973年5月8日,浙江省金华市一位名叫郑振乾的普通读者,给仰慕已久的陈望道写信,希望得到一册陈望道的《共产党宣言》译本。

信寄走后,郑振乾本来没有抱太大希望,甚至连这封信能不能到达陈望道手中都不敢肯定。没想到,仅仅三天之后,5月11日,已是82岁高龄的陈望道,就给素昧平生的郑振乾亲笔写了回信。这封珍贵的书信,也是目前被发现的唯一一封陈望道写给家乡父老的书信。德高望重的陈望道在信上解释,《共产党宣言》初译本,中央在全国只收到了七八本,大概都在各革命历史馆陈列,因此劝大家读比较完

备的新著。在落款后,陈老仿佛意犹未尽,又在后面空白处回忆了一段自己当年翻译《共产党宣言》后的遭遇,表明了自己不畏白色恐怖、坚守信仰的态度。

2020年8月21日,在"真理之甘 信仰之源——纪念陈望道首译《共产党宣言》中文全译本100周年主题展"义乌巡展开幕式的现场,92岁高龄的郑振乾把这封宝贵的书信捐给了有关部门。我们从泛黄的信纸上,从陈望道的这段质朴的话语中,能真切地感受到一位坚定的革命者为了真理和信仰,勇往直前的大无畏精神。

1977年10月29日,86岁的陈望道走完了不平凡的一生,与世长辞。作为一位毕生孜孜不倦教书育人的教育家,陈望道晚年常常叮嘱后辈说:"教育事业是万古长青的。往

陈望道给郑振乾的回信

大了说,国家的兴盛与否与教育有很大关系;往小了说,每个家庭对孩子的教育都会影响民族大业。"甚至是到了临终前,陈望道还殷切地嘱咐儿子们:一定要把孩子们(指的是两个小孙子)教育好。

博物馆里的珍贵记忆

上海共产党早期组织出版
由陈望道翻译的《共产党宣言》
第一个中文全译本

这是《共产党宣言》的第一个中文全译本,现藏于中国国家博物馆。1920年8月,《共产党宣言》第一版在上海出版,首印1000册,小32开平装,5号铅字竖排,共56页。不过,当时书名被错印成了"共党产宣言",到9月再版重印时才被纠正过来。

陈望道故居

今天,我们来到陈望道的故居,它位于浙江省义乌市城西街道分水塘村,是由陈望道的父亲陈君元在清代宣统年间建造的,总占地面积430.9平方米。1984年这里开始向公众开放,故居内有大量珍贵的图片和文字资料,展示了陈望道辉煌的一生。而那间完全按照当年原

样进行修复的书房,里面陈列着陈望道用过的桌椅、煤油灯和简易书架。走进这里,我们仿佛看到了陈望道在秉烛夜读、奋笔疾书。

中国共产党第一次全国代表大会会址

带着对陈望道的深深敬佩之情,我们来到位于上海市兴业路76号(原望志路106号)的中国共产党第一次全国代表大会会址。

这里珍藏了陈望道翻译的《共产党宣言》的6种版本,2020年5月12日至6月7日,这里还举办了"信仰的力量——陈望道和《共产党宣言》"图片文物展,用近200件文物和数十幅图片展现了陈望道的生平,也让我们在这里汲取到了真理的力量。

3

蔡和森和他的"革命母亲"：
心向光明　母子同行

恰同学少年

············

携来百侣曾游。忆往昔峥嵘岁月稠。恰同学少年,风华正茂;书生意气,挥斥方遒。指点江山,激扬文字,粪土当年万户侯。曾记否,到中流击水,浪遏飞舟?

——《沁园春·长沙》(节选)

《沁园春·长沙》是毛泽东在1925年写的一首词,他回忆了在长沙念书时,与一群志同道合的同学"指点江山"、畅谈远大理想的情景。在这群风华正茂的同学中,就有后来的革命烈士蔡和森。

1895年,蔡和森出生在上海,4岁时跟随母亲葛健豪回到故乡湖南省湘乡县永丰镇(今属双峰县)。蔡和森的家庭是中国现代历史上著名的革命家庭:他的母亲葛健豪是一位革命的老母亲;他和妻子向警予都是中国共产党创建时期的重要领导人、革命烈士;蔡和森的妹妹蔡畅、妹夫李富春,是中国共产党创建初期入党的党员,后来也成为党和国家的领导人。

蔡和森在湖南省立第一师范学校学习时,与毛泽东同在一个年级。因为共同的志向,他们很快成了志同道合的挚友,一起度过了一段"指点江山,激扬文字"的青春岁月。

那时候,学校里有个君子亭,满怀远大理想抱负的蔡和森、毛泽东等人,经常坐在亭子里,一起探讨人生、探讨救国的道路。

1918年4月14日,在蔡和森家里,他们一起成立了"新民学会"。这是在五四运动前成立的进步革命团体之一。"新民"两个字,包含着进步与革命的意义。后来,新民学会还出版了《新民学会会员通信集》,收集了书信47封,其中蔡和森写给毛泽东等人的书信有11封。新民学会在湖南的青年中产生了深远的影响,当时很多湖南青年学生都很崇拜"毛蔡"二人,把这两位出类拔萃的青年人奉为楷模。

1919年12月,蔡和森带着年过半百的母亲,和向警予、妹妹蔡畅等30多名热血青年一起,告别了风雨飘摇的祖国,远赴欧洲去寻找救国救民的真理和道路。

在法国勤工俭学期间，蔡和森成长为一名坚定的马克思主义者。1920年，他在和毛泽东、陈独秀的多次通信中，不断地讨论建立中国共产党、走社会主义道路的主张，还详细讲述了建党的原则、方法和步骤。毛泽东在一封回信中兴奋地说："你这一封信见地极高，我没有一个字不赞成。"

革命的母亲

1915年前后，在湖南省省会长沙有一桩前所未有的新鲜事流传甚广：蔡和森考入了湖南高等师范学校读书；蔡和森的妹妹蔡畅考入了周南女子师范学校读书；蔡和森的母亲葛健豪，也带着长女蔡庆熙和外孙女从老家来到长沙，分别进入不同的学校念书。那时，葛健豪已年近半百。一时间，蔡家祖孙三代五人一同在省城求学，学习新知识，接受新文明，在长沙城里被传为佳话。

葛健豪原名葛兰英，1865年出生在湘乡县荷叶乡（今双峰县荷叶镇）一个封建官僚的家庭里。自号为"鉴湖女侠"的革命志士秋瑾的婆家，也在这个荷叶乡。葛健豪一直非常敬慕和崇拜秋瑾，1907年，秋瑾在浙江绍兴就义的噩耗传来后，葛健豪悲痛万分，也更加清醒地认识到了封建制度和世俗礼教的腐朽，以及它们残酷的"吃人"本质。秋瑾的就义，激起了葛健豪对一切封建势力和世俗礼教的蔑视与反抗，她毅然带着孩子们去秋瑾家，祭拜了秋瑾的亡灵。同时，革命的种子也在这位深明大义的母亲心中萌芽了。

在蔡和森结识了毛泽东等有志青年，经常聚在一起讨论、寻求中华民族未来出路的日子里，葛健豪默默地支持着他们，她的家也成了青年学生最满意和最放心的聚会场所，而她也成为后生们眼中可亲可敬的"蔡伯母"。

1919年，是中国历史上跨时代的一年，也是葛健豪做出人生重大选择的一年。得知蔡和森、蔡畅、向警予等人为了国家富强和民族振兴，要到法国勤工俭学，去学习"德先生"和"赛先生"，葛健豪又想方设法借来了600块大洋，分发给这些学生作为旅费。谁也没有料到，当蔡和森、蔡畅、向警予等30多名爱国青年准备从上海起程的时候,这位已经50多岁的"革命母亲",也毅然与他们一同登上远航的大船。葛健豪还乐观地给船上的学生们鼓气说:"一个人活在世界上就要活得有意义,我们现在去留学,将来回国了,就可以干一番救国救民的大事。"

在法国,这位没有半点儿外语基础的母亲,凭着自己的刻苦自学成才,奇迹般地学会了法语。她白天学习法语和别的新知识,晚上还要不停地做绣活儿,用刺绣换来的钱补贴孩子们的日常开支,或是帮助一些来自国内的贫困学生。她做的可口下饭的湘菜,也吸引着在异国求学的穷学生经常跑到她这里来打打牙祭。

正气浩然的家风

1921年底,蔡和森回到祖国。回国后不久,蔡和森经陈独秀等人的介绍在上海加入了中国共产党。第二年9月,他参与创办了党的机关报《向导》周报,并担任主编,直到1925年10月他受党中央派遣赴莫斯科共产国际工作为止。在这期间,蔡和森撰写、发表了大量倡导工农运动、传播马克思主义的文章,成为中国共产党早期杰出的理论宣传家。

蔡和森前往莫斯科时,他的妹妹蔡畅已经从苏联回国。在党组织的安排下,她以个人名义加入国民党,与邓颖超一道协助国民党中央妇女部部长何香凝领导妇女运动,引导妇女走上彻底解放的道路。

蔡和森的母亲葛健豪依旧在背后一直支持着儿女,她虽然不是共产党员,但她对党的事业心心念念,无限忠诚。1927年,大革命失败后,白色恐怖笼罩着全国,这个时候,人们不要说帮助共产党做事了,只要是同情共产党人,都有杀头的危险。但是，62岁的葛健豪，一直在全力协助女儿蔡畅和女婿李富春在上海从事秘密工作。

当时，蔡畅家是共产党的一个秘密机关所在地。每当自己人在这里开会时，葛健豪就带着两个外孙女李特特和刘昂（蔡畅姐姐蔡庆熙的女儿）坐在门口，或是做针线活儿或是择菜，实际是给同志们"望风"和"放哨"。葛健豪早就对两个机灵的外孙女讲了许多"启蒙"的道理，两个孩子都很听葛健豪的"指挥"，一旦发现有情况，李特特就会按照葛健豪的暗示，放声"哭闹"，给屋子里的叔叔阿姨们报信。

葛健豪老人通过这些细致的行动，不仅安全且出色地完成了党组织交办的任务，也在孩子们幼小的心田里播下了"红色的种子"。

1931年6月，蔡和森因为叛徒出卖被捕了。敌人对蔡和森施行了种种刑罚，还残忍地把他的四肢用铁钉钉在墙壁上，妄图使他屈服。但是，面对国民党反动派的残酷折磨，蔡和森横眉冷对、大义凛然，使反动派也不得不承认：共产党人的骨头，真是比钢铁还要坚硬！

蔡和森烈士就义时年仅36岁。"一个共产党员该做的，和森同志都做到了。"后来,毛泽东这样深情地称赞自己的这位少年同学,这位为了祖国和民族的未来和自己并肩奋斗过的革命战友。

深明革命大义的葛健豪以自己一生的言行懿德,树立了"献身革命、忠党爱国"的正气浩然的家风。革命家风,润物无声,葛健豪的儿子、儿媳、女儿、女婿,都沐浴着这种家风,成为中华民族铁骨铮铮的忠诚儿女和一代英杰。蔡和森曾任中共中央宣传部部长,向警予是党的第一位女中央委员、中央妇女部第一任部长,蔡畅是中国妇女进步运动的著名活动家和妇女领袖之一、全国妇联第一届主席,李富春在新中国诞生后曾任中共中央书记处书记、国务院副总理。所以后人评价:葛健豪一生为中国共产党养育出了四位中央委员,作为"革命母亲"当之无愧!

1943年3月16日,葛健豪在家乡湖南省湘乡县永丰镇石板冲(今属双峰县)病逝。毛泽东在延安得知消息,满怀着敬仰和缅怀之情,亲笔题写了"老妇人,新妇道;儿英烈,女英雄"的挽联,遥祭自己十分敬爱的"蔡伯母"。

博物馆里的珍贵记忆

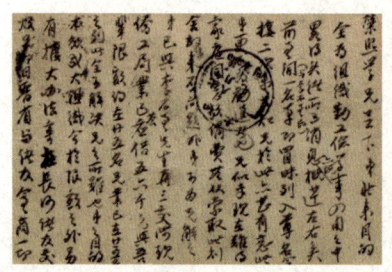

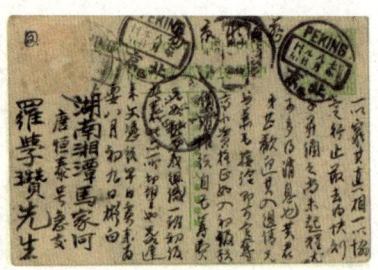

蔡和森写给罗学瓒关于组织赴法勤工俭学事宜的明信片

这两张图片展示的是1918年8月9日，蔡和森在北京写给罗学瓒关于组织赴法勤工俭学事宜的明信片的正面与背面，现藏于湖南省档案馆。

蔡和森存世的笔墨不多，因此这张明信片就更显得珍贵。蔡和森在法国勤工俭学、接受新思想的经历，正是他在1920年向毛泽东提出建立"中国共产党"的远见卓识的思想源头。这一年，蔡和森年仅25岁，中国的命运，和一群与他年纪相仿的青年人紧密联系在了一起。

新民学会成立会旧址暨蔡和森故居

新民学会成立会旧址暨蔡和森故居坐落在湖南省长沙市岳麓山风景区东侧，1917—1919年间，蔡和森一家曾租住于此。

走进这座掩映在苍翠之中的院落，我们还能遥想当年蔡和森一家人在这里的简朴生活。你看这正中的堂屋，就是1918年4月14日，毛泽东、蔡和森等13人召开新民学会成立会的地方。新民学会为中国共产党的创立做出了重要贡献，这座原本普通的南方农舍从此承载了厚重的革

命记忆。

　　蔡和森故居的原建筑早已毁于战火,遗址于1983年被列为省级文物保护单位,1987年按原貌修复,并布置陈列。旧址院内还建有辅助陈列室,在这里,你能看到新民学会三年的光辉史迹。

4

向警予：
中国现代妇女运动的先驱

九儿的志向

向警予是中国共产党创建时期的重要领导人之一,也是中国现代妇女运动的先驱。

1895年9月4日,向警予出生在湖南省西部的小山城溆浦县。她的大哥是一位爱国志士,向警予从小受到哥哥爱国思想的熏陶,很想进学堂念书,希望将来也像哥哥一样,成为一个能为国家效力的"爱国者"。

她在家族同辈里排行第九,所以她的小名就叫"九儿"。九儿5岁时就能认字念书了。当时社会上有一种陈旧的观念,认为女伢子是用不着上学念书的,只要能学会做针线活儿,长大了能烧火做饭、生儿育女就可以了。可是,九儿从小就有湘妹子的执着和"火辣"的性格,人小志大,偏偏特别喜欢认字念书,而且发誓要冲破那些害人不浅的陈旧的世俗观念。在哥哥的帮助下,她如愿以偿,成为当地第一个勇敢地走进新式学校的女伢子。

报名那天,主考的校长是个穿着蓝色长袍的中年人,他看着走进来的这个梳着长辫子的女伢子,感到很意外,就冷冰冰地说:"溆浦县里从来就没女伢子上过学,学校也没收过女学生,你知道吗?"

"当然知道!"九儿自信地回答说,"校长,您能让我当学校的第一个女学生吗?我相信,有了第一个,就不愁有第二个。"

在场的人听了,都感到十分惊讶。看着这女伢子坚定和自信的神色,校长脸上露出了笑容,语气也变得温和了:"那你说说看,为什么要来上学呢?"

"为了国家自强,为了民族自强!"九儿干脆利落地说道。

校长听了,喜出望外,连连点头说:"答得好,答得好!从现在起,你就是我们学校的第一个女学生了!"

在学校里,无论做什么事情,九儿从来没向那些男伢子认输过。入学不久,她就学会了在观察、思考后写一些有所得的议论文,还学会了做体操、翻单杠。在学校和全县的学生体育比赛中,九儿也常常拿到靠前的名次。所以,九儿还是小学生的时候,就被老师、同窗和邻里称为"文武双全"的湘妹子!

七姐妹的誓言

1910年,向警予进入常德女子师范学校速成班念书。当时,她这个班上有七个志同道合的好姐妹,七姐妹里有一位同学名叫余曼贞,就是后来的著名女作家丁玲的母亲。

向警予是七姐妹中年龄最小的一个,当时才15岁。余曼贞比向警予大十几岁,已经是几个孩子的妈妈了。但是两个人志趣相投,成了忘年交。

有一天,七姐妹又在一起聚会,向警予望了望园子,叹息一声说:"可惜呀,园子里没有竹子,不然我们七姐妹就是'竹林七贤'啦!"

"虽然没有竹子,可这里有芍药和牡丹哪!成不了'竹林七贤',我们也可以成为'芍药七贤''牡丹七贤'嘛!"

"那可不一样。"向警予认真地说,"竹林七贤生在改朝换代的混乱年代,他们才华卓著,有理想、有抱负,不同流俗,终日在竹林里饮酒猜拳、弹琴赋诗,尤其是七贤之首的嵇康,临刑弹琴,千古流芳。可是牡丹和芍药呢,总让人想到花儿朵儿的,也让那些男子小看了我们。"

六位姐姐都觉得向警予说得有道理。这时候,向警予望着各位姐姐,神情庄重,提高声调说道:

"各位好姐姐,我们的华夏古国已经存在了四千多年,不想到了今日,竟到了快要沦亡的地步!想当初,先贤们筚路蓝缕,开疆拓土,付出无数心血,才把古国大地和华夏文明开辟出来,做了我们四万万同胞家国基业。一辈辈后来者,又不知耗费了多少苦功血汗,才守住了这一片大好河山。可如今呢,腐败无能的清政府,东割一块来送与东方列强,西割一块来送给西方列强。往北看,胶州、威海、烟台、天津、旅顺,往南看,福州、厦门、广州……这沿海一带,这中国的咽喉,都被一寸一寸、一段一段地切割走了,我们眼看都要做亡国奴了!照我看来,我华夏大地上有二万万女同胞,休说什么女流之辈只宜在家相夫教子,不!我们应该让更多的姐妹们觉醒起来,与所有的男同胞一样,担当起救国救民的重任,为我中华女子开辟出一个新世界,为我中华民族绽放出大光明,为我女界创造出一段新历史!你们说,我们是不是应该起来抗争、奋斗?我们要起来,要去抗争!去争已失女权于四千年,去铸已死国魂于万万世!所以,我提议,为了达此目的,我们七个人要志同道合,像昔日的'桃园三结义'一样,结拜成永远的好姐妹,风雨同舟,生死与共!"

向警予的一番慷慨激昂的话语,说得六位姐姐情绪高涨、心潮澎湃,大家一致赞成她的提议。

这一天,在迎风怒放的牡丹花前,七姐妹手捧兰谱,面向远方,异口同声地发出了庄重的誓言:

"姐妹七人,誓同心愿,振奋女子志气,励志读书,男女平等,图强获胜,以达教育救国之目的,如有违约,人神共弃!"

发过誓后,她们还在园里拍照留念,畅谈了许久。救国救民的神圣使命感,让七姐妹的手紧紧握在了一起……

伴侣与战友

念完了常德女子师范学校速成班,向警予又来到长沙,先后在湖南省第一女子师范学校、周南女子师范学校读书,同时把自己的名字从原来的"向俊贤"正式改为"向警予",寓意时刻警醒自己救国图强。

周南女子师范学校被称为"女革命家的摇篮"。向警予和蔡和森的妹妹蔡畅是同学,因为这层关系,向警予结识了蔡和森、毛泽东等一群风华正茂、志同道合的湖南青年。

1918年4月,毛泽东、蔡和森等青年以"革新学识,砥砺品行,改良人心风俗"为宗旨,发起成立了爱国革命团体"新民学会"。向警予得到消息后,也十分渴望走出长沙,去干一番"真事业"。

她想加入新民学会的想法,得到了毛泽东、蔡和森的大力支持。从此,她和蔡和森的交往也渐渐变得频繁且密切

起来。1919年10月,向警予和蔡畅等人发起成立了"湖南女子留法勤工俭学会",两位情同姐妹的同窗好友,并肩成为湖南妇女界勤工俭学运动的首创者和领导者。

1919年12月,向警予和蔡和森、蔡畅以及蔡家兄妹的母亲葛健豪等30多人一道,远涉重洋,赴法国勤工俭学。在法国期间,向警予与蔡和森一起提出成立"中国共产党"的计划。

1920年5月,向警予与志同道合的恋人和战友蔡和森结成了夫妻。他们在法国蒙达尼举行了简单的婚礼,并拍摄了一张特殊的结婚纪念照——是他们并肩坐着阅读《资本论》的场景。向警予和蔡和森仿佛在用这种特殊的方式向世人宣告,他们是坚定的马克思主义和共产主义的信仰者。

从此,这一对红色伴侣,一直作为职业革命家,奔走在为劳苦大众求解放、谋幸福的征途上,直到为了心中最崇高的理想,两个人都英勇地献出了年轻的生命。

1925年10月,向警予等人受党中央派遣,赴莫斯科东方劳动者共产主义大学学习。1927年3月,向警予回国,在中国共产党汉口市委宣传部和市总工会宣传部工作。

这一年的4月12日,蒋介石在上海发动了反革命政变,向共产党人举起了屠刀。7月15日,在武汉的国民政府也发动了政变。

一时间,武汉城里掀起了一场腥风血雨,白色恐怖笼罩在整个武汉上空。在这危急关头,一批共产党领导干部迅速转移,向警予却主动要求留在湖北省委机关工作,坚持地下斗争。

1928年3月20日,因为叛徒出卖,向警予在汉口的法租界里不幸被捕。国民党反动派对向警予施行了惨无人道的折磨逼供,但她始终咬紧牙关,不屈不挠,恪守着共产党人坚贞的革命操守,严密地守住了党的秘密。在这一年5月1日,在全世界工人阶级的劳动节里,向警予正气凛然,视死如归,在汉口英勇就义,年仅33岁。

仅仅三年后,1931年6月,蔡和森也不幸被捕,几个月后壮烈就义。

新中国成立后,为了纪念这位革命英烈,中共湖北省委和武汉市委在汉阳龟山上修建了向警予烈士墓,还在汉阳古琴台对面修建了一座"向警予革命烈士陵园",供后人瞻仰和缅怀。

博物馆里的珍贵记忆

1921年4月,向警予在法国留学期间写给侄女向功治的家书这封信现在藏于上海市档案馆。向功治是向警予大哥的女儿，向警予在家族同辈中排行第九，所以她的署名是"九姑"。在这封信中，向警予对侄女在学习和思想上的进步给予了充分的肯定，同时也鼓励她求科学、求进步，树立改造社会、改造中国的人生理想。

从这封信的字里行间，我们可以感受到向警予的报国信念、对晚辈强烈的责任感以及向家和谐融洽的家庭氛围。一封简短的书信，饱含了向警予深切的家国情怀。

向警予同志纪念馆

在湖南省怀化市溆浦县城，沿着警予西路由西往东依次走过警予广场、警予学校，就会看到向警予同志纪念馆。

纪念馆由向警予铜像纪念碑广场、向警予同志故居、向警予同志生平事迹陈列室三个部分组成。

走进纪念碑广场,首先映入我们眼帘的就是这座向警予铜像:向警予英姿飒爽,衣袂飘飘,摆臂向前,似乎一刻也不能停下奋斗的脚步,让过往游客不禁肃然起敬。铜像的底座正面是陈云同志亲笔题写的"向警予同志纪念碑"八个镏金大字。走到铜像后,

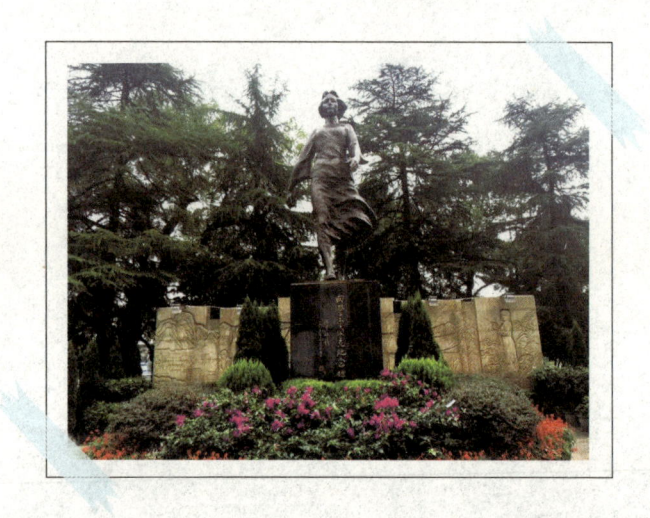

你会发现石雕墙的背面刻着蔡和森于1928年7月在莫斯科撰写的《向警予同志传》全文。

再来看广场左侧的向警予故居，它坐落在溆水河畔，是一座有着湘西特色的清代五柱穿斗式木结构四合院。故居院内有"故居复原陈列"和"向警予同志手迹展览"，展示了她学生时代的作文、日记、读书笔记以及从事革命活动时期撰写的文稿、书信30

余件以及其他实物40多件。向警予就是在这里出生,在这里接受最早的文化与思想启蒙,也是在这里立下了救亡图存的初心壮志。

故居的东边是向警予同志生平事迹陈列室,这里珍藏着向警予在学生时代用过的书篮、梳妆盒、针筒、鞋刷,还有她在中国共产党创建时期和第一次国内革命战争时期撰写的文稿、书信等。

1915年向警予在周南女校写的日记

5

方志敏：
清贫的本色

心中装着"可爱的中国"

朋友!中国是生育我们的母亲。你们觉得这位母亲可爱吗?

…………

……我们相信,中国一定有个可赞美的光明前途,中国(华)民族在很早以前,就造起了一座万里长城和开凿了几千里的运河,这就证明中国(华)民族(拥有)伟大无比的创造力!……朋友,我相信,到那时,到处都是活跃跃的创造,到处都是日新月异的进步。欢歌将代替了悲叹,笑脸将代替了哭脸,富裕将代替了贫穷。康健将代替了疾苦,智慧将代替了愚昧,友爱将代替了仇杀,生之快乐将代替了死之悲哀,明媚的花园将代替了凄凉的荒地!

…………

这些深情而美丽的语句,出自无产阶级革命家、军事家方志敏笔下。

1935年1月,方志敏率领的部队陷入国民党军队的包围圈,在突围过程中,由于叛徒出卖,他不幸被国民党逮捕入狱。在狱中,他坚贞不屈,奋笔写下了《可爱的中国》《清贫》等情真意切的文章。同年8月6日,方志敏在南昌英勇就义,年仅36岁。

方志敏用自己短暂的一生,谱写了一阕壮丽感人的爱国华章。直到今天,他的革命故事,他的高尚情怀,他的美丽散文,还在感动和鼓舞着一代代中国人,尤其是青少年。

少年识尽愁滋味

1899年8月,方志敏出生在江西省弋阳县湖塘村。湖塘村前有两口水平如镜的鱼塘,一条小河流过村边,小河上还架着一座小石桥。方志敏的童年,就在这个长满了高大枫树的小山村里度过。

方志敏小时候,家里很穷,他8岁才入读村里的私塾,并且还几度被迫辍学。方志敏从小就尝到了生活的艰辛与苦涩,也亲身体会到了当时社会存在的诸多不公平。这为他长大以后走上为穷人打天下的革命道路,奠定了坚实的思想基础。

1916年秋天,17岁的方志敏进入弋阳县立高等小学读书。他在学校图书室看了很多进步书籍,还组织了一个爱国的学生组织"九区青年社",向当地的老百姓宣传救国救民的道理。

1918年,北洋军阀段祺瑞政府投靠日本帝国主义,激起了全国人民的强烈反对。这一天,弋阳县立高等小学的师生在操场上举行声讨段祺瑞卖国政府的集会。方志敏平时最敬佩的刘老师登上台去演讲。他慷慨激昂地说:"卖国政府把我们的国家一片片出卖,日本帝国主义又要鲸吞我们的神州。我们应该从自己做起,抵制一切日货!"说着,刘老师把平时用的日本牙粉、日本脸盆拿出来,一脚踩碎了牙粉盒,用石头把日本脸盆砸破了。方志敏和同学们都被刘老师的爱国行动感染了,爱国的激情在这群少年的心中澎湃。

1922年夏天,出于工作需要,青年革命者方志敏来到了上海。那时候,帝国主义列强相继在上海开辟租界。走在马路上,他不时地看到洋人的警棍在可怜的中国黄包车夫身上挥舞,喝得烂醉的外国水兵竟然可以肆意侮辱中国的老百姓。方志敏的心里,一直压着一股愤怒之火。

这一天,他和几个朋友来到"法国公园",看见公园门口立着一个显眼的牌子,上面写着"华人与狗不准进园"。方志敏站在牌子面前,不禁热血沸腾,心里感到遭受奇耻大辱般的难受。

是呀,堂堂中国人,竟然不能在自己国家的土地上、自己国家的城市里自由行走,而且还与动物并列!面对着这块"耻辱牌",方志敏暗暗发誓,一定要把帝国主义列强统统赶出中国,一定要为中华民族的自由解放奋斗到底!

正是因为有了这样崇高的理想和抱负,方志敏在以后的岁月里,更加坚定地走上了革命道路。他领导家乡的贫苦农民起来闹革命,即使是在血与火的考验中,也决不后退,从不后悔,始终把为人民求解放、谋幸福作为自己的最高理想。

共产党人的信仰

1924年3月,方志敏加入了中国共产党。在长期的斗争中,他迅速成长起来,成为闽浙赣革命根据地的缔造者和领导人。1934年10月,中央红军撤出位于江西的中央革命根据地瑞金,开始了艰苦的长征。11月,方志敏担任中国工农红军北上抗日先遣队(红十军团)军政委员会主席。1935年1月,红十军团在通过江西与浙江交界的怀玉山封锁线时,不幸陷入国民党军队的重围。

方志敏率领800多人冲出敌人的包围圈时,却发现大部分人都没有跟上来。他不顾个人安危,毫不犹豫地再次进入包围圈,找到了大队人马。此时,大家被敌人的十几个团重重包围着,情况万分危急。敌人用残酷的封山、封路的手段,把红军围困在荒山之中。战士们没有吃的,只能采集野菜、野果充饥,经过与敌人激烈的搏斗,到最后只剩下了80多个战士。方志敏好几天没吃一点儿东西,饿得两腿都站不稳,但是他仍然带领战士们顽强地在山岭上战斗。

突围的希望越来越渺茫,方志敏当即命令机要员把所有的文件都烧掉,他叮嘱和鼓励大家:"共产党员无论什么时候都要保守党的机密。我们要坚定信心,红军主力还在,胜利仍然是我们的!共产党是永远打不垮的!"这时,有战士提出,人多了出不去,但如果只是方志敏一人,还是有突围希望的。方志敏却摇摇头,坚定地和大家继续战斗在一起。

1月下旬,因为叛徒出卖,方志敏在皖、浙、赣交界处的玉山县陇首村不幸被捕。国民党反动派认为,抓住了方志敏是他们的一个重大胜利,要在上饶举行一场"庆祝大会",于是把五花大绑的方志敏带到了台上"示众"。

方志敏昂首挺立,一身凛然正气。台下的百姓看到他,都难过得低下了头,有的还在暗暗落泪。敌人很嚣张,在台上喊起了反动口号,但台下没有一个人响应。这下激怒了为首的军官,他把手枪扔在桌子上,狂叫道:"谁不喊口号就把他抓起来、关起来!"

台下依旧是一片沉默,百姓们的心都是向着共产党、向着革命的。敌人的"庆祝大会"只好草草收场了。

敌人以为抓到了方志敏这个党的高级干部,肯定能从他口中挖到有用的情报,就把他押解到了南昌。蒋介石得知后,立即密令南昌方面千方百计劝降方志敏。

国民党江西省党部的书记长俞伯庆假惺惺地对方志敏说:"蒋委员长很想重用你,你为什么不早点儿出来呢?"

方志敏听了,不屑地说道:"哼,蒋介石是什么东西!"

俞伯庆嘿嘿笑道:"你们都失败了,还指望什么呢?"

方志敏坚定地说:"不!我们在军事上只是暂时的失败,在政治上并没有失败。告诉你,最后的胜利一定属于我们!"

俞伯庆劝降不成,敌人又派了军法处处长来游说:"方先生,你何必钻牛角尖呢?像你这样杰出的人才,我们是绝对不会亏待你的！"

方志敏立即打断他，斩钉截铁地回答："共产党人信仰共产主义，我们视功名利禄如粪土！"

"方先生，识时务者为俊杰呀！你们那儿有个孔同志，他就到了我们这里，现在可是少将参议呀……"

方志敏一听，腾地站起身来，愤怒地说道："他就是个无耻的叛徒！真正的革命者视死如归，绝不会投降！你们趁早死了这条心！"

敌人见软的不行，只好来硬的。他们用各种酷刑摧残方志敏，抽皮鞭、坐老虎凳、灌辣椒水……但是，方志敏用强大的意志力强忍疼痛，毫不动摇，没有透露党的半点儿机密。

敌人黔驴技穷，就拿来纸和笔，想让方志敏自己写"口供"。"口供"方志敏是肯定不会写的，但他知道，敌人留给他的时间不会太长了。于是，他忍受着病痛和伤痛，在牢房里一字一句地写下了《清贫》《可爱的中国》《狱中纪实》等感情真挚、字字血泪的文章。

清贫的本色

方志敏牺牲 75 年后,在中共中央党校 2010 年秋季开学典礼上,习近平总书记曾讲述了老一辈共产党人的感人故事,他说:"我多次读方志敏烈士在狱中写下的《清贫》。那里面表达了老一辈共产党人的爱和憎,回答了什么是真正的穷和富,什么是人生最大的快乐,什么是革命者的伟大信仰,人到底怎样活着才有价值,每次读都受到启示、受到教育、受到鼓舞。"[1]

在《清贫》一文里,方志敏写了这样一件事:

他被俘时,两个国民党士兵猜到了他的身份,满心希望能在他身上搜出大洋、金镯子或者金戒指一类的东西,发个意外之财。哪知道,他们在方志敏身上从上摸到下,从袄领捏到袜底,除了一只表和一支自来水笔之外,竟连一个铜板

---
[1] 人民日报评论部. 习近平讲故事·少年版[M]. 北京:中国少年儿童出版社,人民出版社,2018:28-29.

都没有搜出来。

他们恼羞成怒,有个士兵还举起手榴弹,做出要拉响的样子,吓唬方志敏说:"赶快将钱拿出来,不然就把你炸死!"

"哼!你不要做出那难看的样子来吧!我确实一个铜板都没有存,想从我这里发洋财,你是想错了。"方志敏淡淡地微笑着说。

"你骗谁!像你这样当大官的人会没有钱?"拿手榴弹的士兵根本不相信。

"绝不会没有钱的,一定是藏在哪里,骗不了我。"另一个士兵一面说,一面弓着背又重新把方志敏的衣服捏了一遍。

"不要瞎忙了!我不比你们国民党那些当官的,个个都有钱,我确实一个铜板也没有,我们革命不是为着发财!"方志敏一边说一边向他们投去了蔑视的目光……

他在文章的结尾自豪地写道:"清贫,洁白朴素的生活,正是我们革命者能够战胜许多困难的地方!"这是方志敏一生恪守的誓言,也是他清白家风和崇高人格的真实写照。

方志敏在家乡领导乡亲们闹革命的日子里,国民党反动派把他视为眼中钉、肉中刺,疯狂地把他家的老屋焚烧了十多次,老家的亲人们根本没法儿过日子。

有一次,方志敏的婶婶带着他母亲,走了几十里山路来找方志敏,想让他拿点钱给母亲做条裤子,再买点盐巴。方志敏看到衣衫褴褛、饥寒交迫的母亲和婶婶,心如刀绞。但他口袋空空,拿不出一个铜板来救济亲人,只好含着眼泪,如实告诉母亲和婶婶:"我当的这个'主席',是穷人们的'主席',哪里是什么官呀!这里的苏维埃政府刚刚建立,革命才刚刚开始,我们每人的饭费才七分钱呢!"

"就不能跟公家说说,给一点儿买盐巴的钱吗?"婶婶小声问道。方志敏难为情地回答:"不瞒婶婶说,归我管的钱,确实也有一些,不过这都是革命的钱,一个铜板也动不得。要是我拿革命的钱来给母亲和婶婶们买盐,这穷人的主席我还能当吗?婶婶是明白事理的人,这个万万使不得呀!"

后来,方志敏的妻子缪敏不幸被敌人逮捕了,缪敏的哥哥情急之下找到了方志敏,希望他能拿出四百大洋来保释缪敏。方志敏听了,痛苦地摇摇头拒绝了。他说:"政府的钱,一分一厘我都不能动用,这是我们闹革命的一点儿'家底'。

救人的事，容我另想办法吧。"最后，缪敏还是在朋友的帮助下才得以获救。

把气节留在人间

方志敏在监狱写下的文稿里，有这样的自白："为着阶级和民族的解放，为着党的事业的成功，我毫不稀罕那华丽的大厦，却宁愿居住在卑陋潮湿的茅棚；不稀罕美味的西餐大菜，宁愿吞嚼刺口的苞粟和菜根；不稀罕舒服柔软的钢丝床，宁愿睡在猪栏狗窠似的住所！"

这是一位共产党领导人的清白本色和崇高气节。

方志敏先后担任过闽浙赣苏维埃政府主席、红十军政委等重要职务，经手过数百万元的款项，却始终克勤克俭，丝毫未动过损公利己的念头。他深知根据地的每一分钱都来之不易，总希望把每分钱都用在为劳苦大众谋福利的革命事业上。

有一次吃饭，方志敏发现自己吃的是白米粥，而其他人吃的是米糠和野菜煮的粥,就立刻严肃地告诉警卫员和炊事员:"同志们吃什么,我就吃什么,不能有丝毫的特殊,这是规矩!"

1935年8月6日,国民党反动派终于要对方志敏下毒手了。临去刑场前,方志敏挨个儿和牢房里伸出手来的难友们告别。难友们含着热泪说:"永别了,方志敏同志。"方志敏微笑着说:"同志们,永别了,早日出去干革命!"

到了刑场上,三步一岗、五步一哨,敌人似乎对方志敏怕得要死。方志敏不屑地看着敌人,昂首挺胸,大义凛然。刽子手让他转过身去,方志敏笑着说:"我都不怕,你们怕什么?我倒要看看,法西斯的子弹是怎样射穿我的胸膛的!"

刽子手的手哆嗦了,扣不动扳机。方志敏最后看了一眼祖国可爱的天空和大地,高声喊道:"打倒卖国的国民党!红军最后胜利万岁!"

伴随着一声枪响,方志敏含笑倒在了初秋时节的大地上,年仅36岁。他的心中装着"可爱的中国",他用自己的鲜血浇灌了中华大地。烈士的鲜血,无声地染红了正在大地上盛开的野菊花。

博物馆里的珍贵记忆

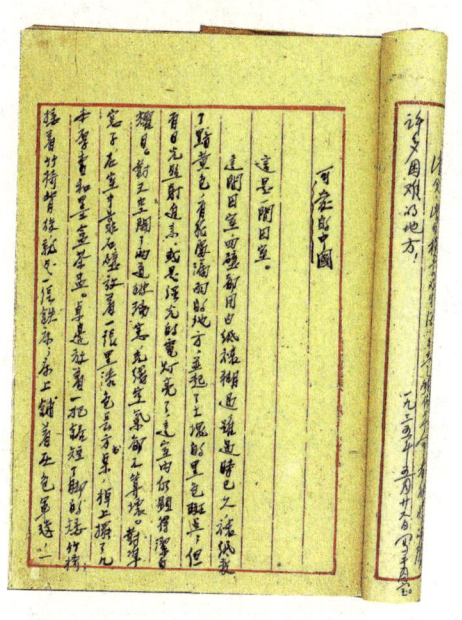

方志敏烈士著《可爱的中国》手稿

上图展示的是方志敏烈士著《可爱的中国》手稿，现藏于中国国家博物馆。1935年，方志敏不幸被国民党反动派抓捕，身陷囹圄。在狱中，他忍受着病痛和伤痛写下了《清贫》《可爱的中国》等感情真挚、字字血泪的文章。甘守清贫是方志敏一生最鲜明的品格,文中的一字一句都表达了他对革命事业的无限忠诚以及他对伟大祖国最美好的祝愿。

方志敏纪念馆

这座方志敏纪念馆位于江西省上饶市弋阳县弋江镇城北,在苍松翠柏的掩映下,纪念馆显得格外肃穆庄严。在纪念馆正前方,你会看到一尊气势雄伟、栩栩如生的方志敏全身雕像,基座刻有毛泽东亲笔题写的"方志敏烈士"五个大字,雕像

基座背面刻有叶剑英的亲笔题诗:"血染东南半壁红,忍将奇迹作奇功;文山去后南朝月,又照秦淮一叶枫。"

走进纪念馆,通过方志敏烈士生平展厅和177件珍贵文物,你会看到方志敏同志短暂而光辉的一生,他的"爱国、创造、清贫、奉献"的精神,值得所有共产党人永远铭记并发扬光大。

6

赵一曼：
红枪白马　抗日传奇

扫码听书
"声"临其境

宁死不屈的女英雄

看过电影《赵一曼》的观众,都会记得这样的情节:

1936年,在哈尔滨警察厅的一间看守所里,凶残的敌人正在审问一位年轻的女子。她就是东北抗日联军的团政委、女英雄赵一曼。

赵一曼在战场上不幸受伤被俘,几次越狱都没有成功,这次又落入了特务"林大头"的手中。林大头得意地点燃了香烟,冲着赵一曼说:"你逃呀,你是逃不掉的!"

"你也逃不掉!总有一天,中国人民会在这里审判你!"赵一曼轻蔑地瞧着这个特务,斩钉截铁地说。

"你……你放明白些!"林大头碰了一鼻子灰,又故作镇静,装出宽宏大量的样子说,"你不是想自由吗?只要你写个声明,随后想去哪儿就去哪儿。"

"好,我写!"赵一曼回答道。

林大头喜出望外,赶紧给她松开一只手。赵一曼接过纸和笔,用力写了几个大字:打倒日本帝国主义!

林大头一看,气得额角暴起了青筋,狂怒地把纸扯得粉碎,咆哮道:"我要枪毙你!"

"你杀吧!"赵一曼大义凛然地昂起头,"可是,你们消灭不了共产党员的信仰!消灭不了,永远也消灭不了!"

赵一曼正气凛然、坚贞不屈的形象,留在一代代中国人、特别是青少年的心中。

"红枪白马"的女政委

1905年10月27日,赵一曼出生在四川省宜宾县北部白杨嘴村一个地主家庭。她原名李坤泰,又名李淑宁、李一超,在兄弟姐妹八人中排行老七。她的父亲李鸿绪曾花钱捐了个"监生"的功名,后来自学中医,为乡亲们看病。母亲一直在家操持家务。

1926年，赵一曼进入宜宾女子中学（现宜宾市第二中学校）读书。受到她的大姐夫、革命先烈郑佑之（曾任中国共产党四川省委首届委员，人称"川南农王"）的影响，赵一曼在宜宾女子中学读书期间就加入了中国共产党，走上了革命的道路。

1927年初，她进入黄埔军校武汉分校学习。后来又去莫斯科中山大学学习。回国后，她被党组织派往东北地区工作，改名为赵一曼，先后在沈阳、哈尔滨领导工人斗争。1934年7月，她在哈尔滨以东的抗日游击区领导抗日斗争，一度被抗联战士误认为是抗日将领赵尚志总司令的妹妹。在当地百姓的眼中，赵一曼是一位传奇般的英雄，人们称她是"红枪白马女政委"，战士们也亲切地称她"李姐"。

1935年，赵一曼担任东北人民革命军第三军第一师第二团政委。这一年11月，她率领部队在与日军作战时，不幸因腿部受伤被捕了。

日军为了从赵一曼口中获得有价值的情报，赶紧找了一名军医对她的腿伤做了简单的处理，然后连夜对她进行了严酷的审讯。

可是，面对穷凶极恶的日军，早已将个人生死置之度外的赵一曼，忍着剧烈的伤痛，大声怒斥日本侵略中国所犯下的各种罪行。

凶残的日军见赵一曼不肯屈服，就用坚硬的马鞭杆狠戳她腿部的伤口。赵一曼痛得几次昏厥了过去，但是醒来后，她咬着牙说出的唯一一句话就是："我的目的，我的主义，我的信念，就是抗日！"

1935年12月13日，赵一曼腿部伤势加重，生命垂危。日军明白她知道共产党的很多秘密，为了得到口供，就把她送到了哈尔滨市立医院进行监视治疗。

赵一曼在医院治疗时，利用各种机会，向看守她的警察董宪勋与女护士韩勇义讲述抗日爱国的道理。这两个有正义感的同胞深受感动，思想上也有了很大进步，决定帮助赵一曼逃离日军的魔掌。

1936年6月28日，董宪勋与韩勇义把赵一曼背出了医院，送上了事先安排好的一辆小汽车。然后赵一曼辗转到了阿城县（今哈尔滨市阿城区）境内的金家窝棚董宪勋的叔叔家中。

三天后,赵一曼在奔往抗日游击区的途中,不幸被追捕的日军赶上,再次落入了日军和汉奸的手中。

赵一曼被带回哈尔滨后,凶残的日本军警对她施行了更加残酷的刑讯。根据后来发现的敌伪档案记载,日本军警为了逼迫她供出抗联的机密和党的地下组织,对她施行的酷刑有几十种,还动用了惨无人道的电刑。但赵一曼始终坚贞不屈,除了"不知道"三个字,敌人什么也没有捞到。

就义前写下的"示儿书"

1936年8月1日,赵一曼被押上了去往黑龙江省珠河县(今尚志市)的火车。她知道,日军从她这里得不到任何有用的情报,肯定是要对她下毒手了。这时候,她想起了远在武汉的儿子陈掖贤(小名"宁儿")。于是,她第二天就向押送的警察要来了纸笔,给儿子写了一封遗书:

赵一曼的儿子陈掖贤手抄的遗书

宁儿!

母亲对于你没有能尽到教育的责任,实在是遗憾的事情。

母亲因为坚决地做了反满抗日的斗争,今天已经到了牺牲的前夕了。

母亲和你在生前是永久没有再见的机会了。希望你,宁儿啊!赶快成人,来安慰你地下的母亲!我最亲爱的孩子啊!母亲不用千言万语来教育你,就用实(际)行(动)来教育你。

在你长大成人之后,希望不要忘记你的母亲是为国而牺牲的!

一九三六年八月二日

你的母亲赵一曼于车中

从这封遗书里,我们看到了赵一曼为了祖国、民族的独立与自由宁死不屈、虽死犹荣的坚定信念。信中也满含着她对儿子的愧疚、期望和祝福。

在给儿子写完遗书的当天,赵一曼就英勇就义了,年仅31岁。

新中国成立后,朱德总司令为赵一曼写下了"革命英雄赵一曼烈士永垂不朽"的题词。为了纪念她,哈尔滨市人民政府把东北烈士纪念馆(曾经的伪满哈尔滨警察厅)门前的街道命名为"一曼街"。

博物馆里的珍贵记忆

下页这张照片,是抗日英雄赵一曼与她的儿子陈掖贤唯一的合影,在赵一曼纪念馆中我们可以看到它的复制件。

赵一曼与儿子陈掖贤的合影

1931年九一八事变后,赵一曼被党组织派往东北从事抗战工作。赵一曼深知,经此一别,不知何年何月才能与家人再见。但是,为了国家和民族,她毅然决然地抛下了刚满周岁的幼子,奔赴东北抗日前线。临行前,赵一曼带着儿子到照相馆拍了这张母子二人唯一的合影。由于"赵一曼"是化名,陈掖贤直到20多岁才知道,自己的母亲就是抗日英雄赵一曼。

赵一曼纪念馆

漫步在四川省宜宾市翠屏山麓的公园中，你就会与赵一曼纪念馆相遇。红墙黛瓦的纪念馆其实是在明清时期的木结构建筑——翠屏书院的基础上改建而成的。

这里珍藏着与赵一曼相关的文物、资料720件，其中珍贵文物80件。进入纪念馆的大门，我们就来到了序厅，这里陈列了老一辈革命家和国家领导人为赵一曼写下的题词和颂诗，表达了对她无尽的敬仰和深切的缅怀。在第一展厅、第二展厅，我们可以看到赵一曼的珍贵遗像、遗物、遗书手稿，从而体味她短暂而波澜壮阔的一生。

7

杨靖宇：
像钢铁一样坚强的人

威风凛凛的"胡子伯伯"

抗日战争时期,在我国东北地区的白山黑水间,有一支赫赫有名、令日军闻风丧胆的"东北抗日联军"(简称抗联)。抗联第一路军的总司令,就是大名鼎鼎的抗日英雄杨靖宇将军。

杨靖宇率领着英勇顽强的抗联部队,在气候极其恶劣、缺医缺粮少药的林海雪原上,与日军浴血奋战多年,让日本侵略者感受到了中国人威武不屈、坚韧不拔、宁死不当亡国奴的民族气节和坚强意志。

在抗联的队伍里,还有不少只有十几岁的小战士。这些小战士有的是父母双亡、无家可归的孤儿,有的是被抓去做童工时逃出来的"小苦力",还有的曾是地主家里的小猪倌、小羊倌、小长工。

1938年,杨靖宇把抗联队伍里的小战士们单独组织了起来,对他们进行专门的教学和训练,成立了一支"少年铁血队"。他们被抗联部队亲切地称为杨司令的"少年战斗队"。

这支少年铁血队由抗联第一路军司令部直接领导,全队一共有56名小战士,年龄最大的十五六岁,最小的只有十一二岁。小战士们每人都配有一支小马枪和上百发子弹,还有背包、水壶等物资,和所有抗联战士一样装备齐全。

杨靖宇尽心尽力地关怀着这些少年战士的成长。少年铁血队的队员们除了要进行严格的军事训练,还要学习文化知识。杨靖宇经常亲自给他们讲战斗故事和革命的道理,有时还亲自教小队员们练武、打枪。有的小战士衣服破了,鞋子露了底子,杨靖宇会亲手帮他们缝补,小战士们都亲热地叫他"胡子伯伯"。

可是这位"胡子伯伯"牺牲时,年仅35岁。1940年,杨靖宇在一次作战中不幸被日伪军包围了。为了拖住敌人,给抗联部队的突围和转移争取时间,他在冰天雪地里弹尽粮绝的情况下,孤身一人,顽强地与日伪军周旋了五个昼夜,最后英勇牺牲了。他牺牲后,残忍的日军剖开了他的肚子,发现他的胃里尽是草根、树皮和棉絮,没有一粒粮食。

这个像钢铁一样坚强的人,这位顶天立地的抗日英雄,连侵略者也为他的顽强不屈感到震惊!

杨靖宇和抗联战士们英勇奋战、抗击日军的故事和他们伟大的爱国精神,感动和激励着新中国的一代代少年儿童。

杨靖宇和"少年铁血队"

冬天来临了。寒风呼啸,大雪纷飞,大地白茫茫一片。随着日本侵略者的步步进逼,抗联的战斗环境变得越来越艰苦了!

1938年冬天,抗联第一路军司令部做出一个决定:走出深山老林,跟敌人打几次大仗,缴获一些战利品,作为军用装备的补充。

杨靖宇派了一位老向导毕大爷,带着少年铁血队去往抚松县东北部山区,建起了一个秘密营地,让他们暂时隐蔽下来。小战士们依依不舍地告别了大部队,开始了独立的战斗生活。

到达抚松县东北部山区后,少年铁血队做的第一件事,就是搭建自己的秘密营地。

这一天,队员二楞和冬喜下山去买粮食和衣物,可过了很长时间他们还没有回来。大家正在着急的时候,二楞气喘吁吁地跑来报告:"我们下山后被两个探子发现了,冬喜被他们抓住了,又逼我回来劝大家去投降,怎么办呀?"

"要我们投降?痴心妄想!我们马上就冲下山去,把冬喜救回来!""对,我们打他一仗!让鬼子和汉奸尝一尝少年铁血队的厉害!"小战士们个个摩拳擦掌。

指导员冷静地说道:"大家不要急躁,我们先听听毕大爷的意见,再想办法。"毕大爷说:"说得是呀,不能下山去硬拼,不应该拿鸡蛋去碰石头,得想一个稳妥的办法。"

少年们一个个都皱紧了眉头,队长想了想说:"我倒有个办法,咱们再把二楞派下山去,告诉那两个探子,山上都是伤病员,没有吃的,也没有药品,队员坚持不住了,愿意投降。等那两个家伙上了山,我们就给他们来个将计就计、瓮中捉鳖。大家觉得如何？"毕大爷听了点点头说："这个主意还算稳妥。"

按照这个计策，少年铁血队"小试牛刀"，打了一个漂亮的伏击战，不仅救回了伙伴冬喜，还一举消灭了两个敌探。首战告捷，队员们都很受鼓舞。

可是，两个探子的失踪，引起了山下鬼子们的注意。不久，大队日本鬼子进山"扫荡"来了。

少年铁血队不得不离开营地，向长白山深处转移。雪地上行军，万一日本鬼子跟着雪地上的脚印追上来怎么办？

这时，队长又想出了一个好办法，命令道："所有人倒退着走路，让脚印指向相反的方向。""主意真妙呀！"大家心领神会，赶紧行动起来。

就这样，愚蠢的敌人被甩掉了。

第三天晚上，山后来了一队人马，原来是杨靖宇派人来迎接他们了。听说了这场惊心动魄的战斗后，杨靖宇表扬了他们："好哇！你们这一仗打得干净利落！现在我兑现当初的承诺，发给你们一挺轻机枪，好不好？"

小战士们激动地接过了杨靖宇发给他们的轻机枪。

"少年铁血队全体队员们,你们还需要什么?"杨靖宇大声问道。

队员们齐声回答:"我们要战斗!"

"好!只要日本鬼子一天还没有被赶出中国的土地,我们的战斗,就一天也不会停止!你们在战斗中渐渐长大了,但是,更残酷的战斗还在等待着你们……"

在以后的日子里,这支年轻的红色少年武装,跟随着杨靖宇,转战南北,在茫茫的长白山林海中和日伪军进行了长期的斗争。他们也在战火中百炼成钢,成长为坚强的抗日战士,直到抗日战争取得最后的胜利。

桦树皮与"传家宝"

杨靖宇原名马尚德,所以他的后代都按家族本来的姓氏,姓马。后代人不仅以杨靖宇这位伟大的民族英雄为骄傲,而且一代代传承着他的宝贵精神,形成了"严要求、重责任、懂知足"的九字家风。

但是,杨靖宇牺牲后,直到1950年准备兴建东北烈士纪念馆时,组织上还没弄清楚他的出生地。当时能找到的,只有一张发黄的"杨靖宇履历表",上面依稀可辨地写着:马尚德,到东北后曾用名杨靖宇……

后来,在一位幸存下来的抗联老战士、杨靖宇的老战友的帮助下,组织上才确认了杨靖宇的老家在河南省确山县李湾村(今属驻马店市驿城区)。就这样,1951年组织上终于辗转找到了杨靖宇的后人。而这时,在老家苦盼丈夫18年的杨妻已经病故了。原来日本投降后,已是重病在身的杨妻,仍然没有等回自己的丈夫。临终时,她把儿子儿媳叫到床前,叮嘱他们:"日本鬼子投降了,你们的爹很快就要回来了,可惜我见不到他了。你们见了他一定要告诉他,这些年来全家人都在想着他呀!"

杨靖宇的妻子去世时年仅40岁。她哪里知道,自己日思夜念的丈夫,早已先她而去,为保卫国家牺牲在东北的林海雪原上了。

杨靖宇老家仅有的一张他少年时候的照片，是他在开封读书时照的。而那些杨靖宇身穿戎装的形象，都是后来画家根据战友们对他的形象的描述画出来的。当年，为了保存这张照片，杨靖宇的妻子曾把它藏在墙缝里，逃难的时候又缝在女儿马锦云的衣服里。今天，这张珍贵的照片，被珍藏在河南省驻马店市杨靖宇将军纪念馆内。

杨靖宇的孙辈们虽然个个都知道，自己的祖父是一位民族英雄，但他们从小都牢记着朴素、清正的家风，从上学到工作，从没对周围的人炫耀过自己是杨靖宇的后代。偶尔有身边的同事通过别的途径知道了真情，会惊讶地说："这么大的事，你们怎么不早说呀？"

"爷爷的功绩是我们的骄傲，但不是我们的。我们只有在岗位上好好工作，多为人民服务，才对得起爷爷。"杨靖宇的孙辈这样说道。

孙辈们还珍藏着一块桦树皮，这是马家的一件"传家宝"。那是在1958年2月23日，一个大雪飘飞的日子，杨靖宇的儿子马从云、儿媳方秀云来到吉林，参加杨靖宇将军的安葬公祭大会。在白雪皑皑的林海雪原上，他们看到了父亲牺牲时背靠的那棵粗壮、挺拔的松树,远处的山头上还有日军留下的碉堡……

那天,杨靖宇的一位老战友送给夫妇俩一件特殊的礼物——一块桦树皮。父亲的这位老战友告诉他们:"你们的父亲当年就是吃着这个和敌人打仗的。"夫妇俩把这块桦树皮仔细地包好,带回了老家,放在家中一个柜子里,永久地珍藏了起来。有时,方秀云被附近学校请去给孩子们讲故事,她就小心翼翼地拿出这块浸润着家国大义的桦树皮,带给孩子们看看,好让他们懂得应该怎样珍惜今天的幸福生活。

马从云、方秀云夫妇还时常告诫子女们:绝对不允许以抗日英雄后代为借口,向组织提任何要求。方秀云说:"爷爷是爷爷,你们是你们。不能张扬,低调做人。"他们的一个儿媳妇王晓芳,嫁到马家一年多以后才知道,自己的丈夫是赫赫有名的抗日英雄的后代。

2016年12月12日,第一届全国文明家庭表彰大会在北京举行,习近平总书记亲切会见了来参加表彰大会的代表。杨靖宇的一个孙子马继志代表全家到北京领奖。说起他们的家风时,马继志捧出包着桦树皮的红包裹说:"母亲生前总是拿着桦树皮教导我们,咱是抗日英雄的后代,不能向组织提要求,要低调做人,勤奋工作,不给先辈抹黑。"

博物馆里的珍贵记忆

杨靖宇少年时的照片

这是杨靖宇少年时拍的一张照片。当年,为了保存这张照片,杨靖宇的妻子曾把它藏在墙缝里,逃难的时候又缝在女儿马锦云的衣服里。

今天，这张珍贵的照片藏在河南省驻马店市杨靖宇将军纪念馆内，它寄托了杨靖宇的家人对他的深切思念，也承载了每一位在它面前驻足的游客的无限敬意。

杨靖宇将军纪念馆（河南省驻马店市）

在杨靖宇战斗过的地方，如今已建起了纪念馆。我们现在看到的这座杨靖宇将军纪念馆，位于他的老家——河南省驻马店市驿城区古城乡李湾村。它

是由故居和纪念馆两部分组成的,故居重修于1966年秋天,1981年扩建后开放,纪念馆则建于1994年。

过了纪念馆的月门就是一方宽敞的庭院,你看庭院中央巍然屹立的就是杨靖宇将军的石雕像。暗红的大理石底座上刻着"杨靖宇将军(1905—1940)"的字样。纪念馆的南边是一排九间的展厅,陈列有照片、图表、油画等近百件展品,为我们展示了杨靖宇的生平事迹。80多年过去了,杨靖宇的英雄事迹依旧激励着我们自强不息,奋勇前行。

杨靖宇将军纪念馆(吉林省白山市)

吉林是杨靖宇一生最后的归处,吉林人民在这里为他修建了陵园和纪念馆,甚至用他的名字为学校、街道命名,表达对他的永久怀念。我们现在看到的就是位于吉林省白山市靖宇县靖宇大街的杨靖宇将军纪念馆。它的建筑面积有2785平方米,展陈面积有2066平方米。这里的陈列以"杨靖宇将军战斗的一生"为主题,同时设专室陈列其亲密

杨靖宇殉国前百日战斗档案

战友,当年抗联第一路军部分将领的文物、资料等。馆内藏有文物819套,陈列文物资料200余件,其中,一级文物21件,二级文物9件,三级文物27件,张贴文字、图片等珍贵资料350余幅。

吉林也保留下了杨靖宇的珍贵档案。上面这张照片是2020年9月1日吉林省档案馆向社会公布的24件杨靖宇殉国前百日战斗档案,这些档案真实记录了杨靖宇牺牲前100余天率部与日伪军警进行的47次战斗历程，再现了杨靖宇在桦甸、濛江的行动路线以及与日伪军警交战的战斗情况，包括战斗的时间、地点、兵力及敌我损失状况，证实了以杨靖宇为代表的东北抗日联军将士在极其艰难的岁月中与穷凶极恶的敌人进行了英勇顽强的斗争。

8

王朴和母亲金永华:
为理想献出一切

扫码听书
"声"临其境

翻开中国共产党百年历史，不难发现，许多优秀的中华儿女义无反顾地加入了革命队伍，他们甘愿为革命事业奉献自己的一切，甚至宝贵的生命。红岩烈士王朴就是其中之一。

黎明前的号角

1947年春天,茫茫雾都重庆被笼罩在国民党反动派制造的白色恐怖之中。中共重庆市委地下组织决定创办一份油印报纸《挺进报》,及时地把人民解放军在前线的消息传递给人民。这份报纸就像黎明前的嘹亮号角,唤醒了无数山城人民。

《挺进报》的影响越来越大,令国民党反动派惊慌失措,特务们到处搜索《挺进报》的踪迹。1948年4月22日下午5时,由于叛徒的出卖,敌人抓捕了《挺进报》的负责人——地下党员、青年诗人陈然,同时搜出了一张王朴开具的南华贸易公司的支票。于是,王朴也被捕了。

王朴又名王兰骏,1921年出生在四川省江北县(今重庆市渝北区)。他的父亲是个生意人,赚钱后在老家置下了不少田地。所以,王朴从小家境还算殷实。他6岁时随父母去过日本,1932年在重庆第一高等小学读书,几年后进入求精中学学习,后来又考入了迁到重庆北碚的复旦大学……1945年,王朴受党组织派遣回到江北县办学,为党组织建立了重要的活动据点。1947年秋,中共重庆北区工委成立,王朴任工委委员,负责宣传、统战工作,《挺进报》在北区的翻印正属他的职责范围。

王朴和陈然等人被捕后,先后被关进了渣滓洞、白公馆监狱里。在狱中,陈然用短短的铅笔头,把自己记得的一些解放战争的消息,一一写在香烟盒的反面,然后通过监狱里的秘密渠道,与王朴等难友互相传递。大家都把这些小纸片称作"白公馆里的《挺进报》"。由于当时特殊斗争环境的需要和党的纪律规定,王朴、陈然和其他一起办《挺进报》的战友,从来没有直接见过面,只是在信函中互致"革命的敬礼"或"紧握你的手"。

正是因为有着坚定的革命信仰,有着革命战友和胜利消息的鼓舞,王朴经受住了一系列严刑拷问和高官厚禄的诱惑,始终没有透露一丝与党组织有关的信息。

1949年10月28日,国民党反动派对王朴、陈然等人下了毒手。在临刑前的那一刻,战友们才看到了与自己并肩战斗过的同志的面孔。这些革命者的手,在生命的最后时刻紧紧地握在了一起……当反动派冰冷的枪口对准他们时,他们振臂高呼"毛主席万岁""中华人民共和国万岁"一起英勇就义。

在他们被杀害的 27 天前,新生的中华人民共和国已宣告成立,五星红旗已经飘扬在新中国的上空。可惜的是,这些年轻的、为了新中国的诞生奋斗了一生的烈士,却没能感受到新中国的阳光,就倒在了黎明前的黑暗里。

深明大义的母亲

王朴少年时就特别喜欢听岳飞抗金等精忠报国的英雄故事,内心里早就播下了爱国的种子。

全民族抗日战争爆发后,很多大学迁到了重庆。1944年,王朴考入了复旦大学新闻系。在大学里,他又开始接触

《新华日报》《群众》《解放》等进步报刊，与周围不少追求光明和进步的爱国青年成了志同道合的朋友，也成了复旦大学一些爱国学生团体的活跃分子，渐渐对共产主义的崇高理想萌生了真诚的渴望和追求之心。

这时候，地下党组织也在暗暗帮助王朴进步，引导和培养王朴为党工作，为劳苦大众的解放事业贡献自己青春的力量。

1945年春天，王朴受党组织的派遣回到江北县。他原本想去中原解放区参加解放军，但中共中央南方局青年组认为，王朴留在家乡工作，更能发挥作用。于是，地下党组织派人与王朴联系，让他筹集资金，在江北县创办一所新型的小学。

原来，抗战期间，教育家陶行知在中共中央南方局的支持和帮助下，在重庆市合川县古圣寺创办了著名的"育才学校"，招收的学生，大多是抗战时期的难童、烈士遗孤以及附近的农家子弟。陶行知亲任校长，给孩子们开设了文学、音乐、绘画、社会科学、自然科学等科目，还常常组织师生翻山越岭，去附近的煤矿、山乡、农家，为矿工、农民开办识字班，帮助这里的贫苦劳动者学习文化。陶行知创办育才学校的佳话，也传到了全国各地，给抗战中的人们带去了希望和信心。现在，党组织希望王朴在江北也创办一所这样的学校。

1945年9月，经过数月的艰辛奔波，一所完全新型的学校——私立莲华小学在江北诞生了，王朴亲任校长。

这所学校，既是共产党开展农村工作的落脚点，为革命集聚培养了新生力量，同时也成了地下党组织一个安全的秘密活动场所。

这所小学能够办成，王朴深明大义的母亲功不可没。

王朴的母亲名叫金永华。1943年，王朴的父亲病故后，留下的家产都归母亲掌管经营。要创办学校，到哪里去筹集经费呢？王朴就试着去做母亲的工作。

王朴的想法，遭到了兄弟姐妹的强烈反对："三哥你疯了吧？变卖了家产，我们今后怎么生活？母亲往后的日子依靠什么？"

王朴的母亲却深明大义。在听了王朴的一番陈述后，母亲思前想后，最终决定全力支持王朴。于是，她变卖了一部分田产和房产，换来了1000多两黄金。

"1000多两黄金,这是一笔巨款!母亲和三哥把变卖家产所得全都献给了革命事业。正是靠着这笔钱,地下党在川东的工作变得顺利了。"后来,王朴的弟弟王荣回忆说。

在后来的日子里,王朴按照陶行知"知行合一"的方法培养学生,结合川东农村的实际需要,教学生写条子、写家信、打算盘、记账,还办起了农民夜校,帮助附近的农民识字、学文化,给他们讲解"耕者有其田"的革命道理。一时间,来上夜校的青年农民越来越多,一到夜晚,附近的农民就举着火把从几公里外赶来学习。

从1946年起,为了适应形势发展的需要,党组织要安排更多的党员干部深入农村。已经入党的王朴,又得到了母亲的资助,扩大了学校规模,把莲华小学改为莲华中学,并接办了由天津迁来的志达中学作为莲华中学的高中部。

1947年,中共重庆北区工委成立,工委书记以英语教员的身份作掩护,来到学校工作。就这样,莲华中学实际上成了重庆北区工委领导机关所在地,成了江北县和北碚地区党的活动中心。

这时候,为了支持儿子王朴的工作,金永华再次变卖了田产，兑换成黄金近1000两，全部用在了资助川东地下党迎接重庆解放的工作上。

王朴动员母亲变卖家产资助他办学的举动，在当地引起了很大的震动，很多人觉得难以理解。为了避免引起反动派的猜疑，王朴对外放风说，他在城里做生意需要用钱。为了掩人耳目，他还特意成立了一家名为"南华"的贸易公司。

不幸的是，南华公司刚刚成立不久，就发生了叛徒出卖陈然和《挺进报》的事件……

母亲的骄傲

1948年4月下旬，因为叛徒的出卖，负责《挺进报》的陈然等人被捕了，地下党组织也遭到了破坏。以英语教员身份隐藏在学校的工委齐书记让王朴立刻撤离学校，他留下来应对。

"我是外省人,又是单身汉,无牵无挂,我留下来对付敌人最适合。"齐书记说。

"不,我是本地人,又是校长,更熟悉这里的情况,你是组织领导人,你先撤离,我留下来。"一番争执后,王朴留了下来。

"如果我被捕了,请组织上相信,我的行动就是最好的回答!"王朴用这句斩钉截铁的话,向党组织做出了庄重的承诺。

母亲知道了实情以后,也劝王朴早点儿逃走,找个地方先躲起来。王朴说:"我怎么能走呢?自从我加入了党组织,就不再是母亲一个人的儿子了。"他还希望母亲答应三个请求:一是学校一定要继续办下去,这是命根子;二是剩下的田产,继续变卖;三是弟弟、妹妹要靠组织,不能离开学校。

深明大义的母亲含着泪点头,让王朴放心。母亲在心中也为自己养育了这样大义凛然的好儿郎而感到无比的骄傲!

王朴被捕后,他在给妻子褚群的一封信里写道:"小群,莫要悲伤,有泪莫轻弹,你还年轻,你的幸福就是我的幸福……狗狗(王朴儿子的小名)取名继志,让他长大成人,长一身硬骨头,千万莫成软骨头。"

王朴和褚群结婚的时候,正是他为了创办莲华小学而四处奔波的那段时间。作为一个曾经的富家子弟,王朴慷慨地毁家纾难,自己新房里的陈设却简单得不能再简单:一张简易的木床上,连新的被褥都没有置办。从重庆市区到莲华小学,要步行几十公里山路。有钱人一般都会坐滑竿,可王朴每次去学校总是步行,路上还不时地与一些乡亲、小贩边走边谈。途中饿了,他就在一家小店要两碟小菜,一碗干饭,草草地吃下,然后尽快赶路……

王朴被敌人杀害时,年仅28岁。母亲金永华承受着巨大的悲痛,几乎一夜白头。她怕自己面对儿子的遗体时会支撑不住,就让王朴的小姨金永芳出面料理儿子的后事,把王朴葬在了江北县龙溪乡常家湾。

一个月后,重庆解放。中共中央西南局要将金永华慷慨捐赠给党组织的经费如数归还时,这位烈士的母亲摆摆手说:"如果我要这笔钱,就是辱没了王朴的名声。"最后,这笔钱金永华一分也没要,全部用在了重庆的妇女儿童福利事业上。

今天，位于重庆市北碚区的"王朴中学"，前身就是王朴和他的母亲当初接办的志达中学。人们用重新命名学校的方式，纪念这对为家乡的解放事业做出了巨大贡献的大义母子。

2010年4月9日，重庆市渝北区政府又在新建成的渝北中学立起王朴和他的母亲金永华的塑像。高大的塑像，在和平年代的蓝天下，向一代代后来人默默讲述着发生在黎明前后的一段故事……

博物馆里的珍贵记忆

下页图是革命烈士王朴在复旦大学的学籍表和他读过的《苏联共产党历史》，现藏于复旦大学档案馆。王朴考入了复旦大学后如饥似渴地研读了大量马克思主义著作，为投身革命埋下了种子。为了实现革命理想，他劝说母亲把家产变卖支持革命，最终把生命也献给了祖国！2019年4月，复旦大学举办了"'共和国不会忘记'——复旦大学红岩英烈事迹展"，这些展品位列其中。

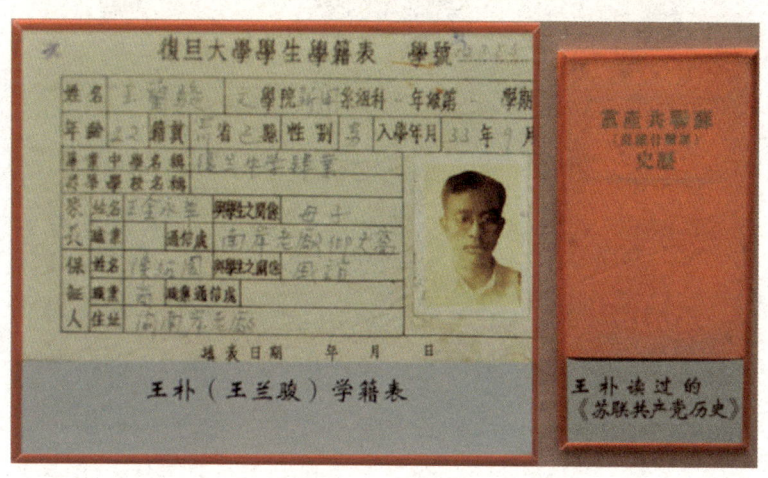

王朴（王兰骏）学籍表和王朴读过的《苏联共产党历史》

王朴烈士陵园

来到重庆市北碚区静观镇桥亭村，走过一条幽深肃穆的小道，王朴烈士陵园便出现在眼前，这里就是王朴与母亲

王朴烈士纪念馆内景

金永华的长眠之地。不时会有参观者来到他们的墓前,献上一束鲜花。

陵园中还有一座纪念馆,展览主要包括王朴和金永华的事迹介绍以及他们获得的荣誉等,通过实物和图片等形式进行展示,现有藏品30件(套)。这一张张图片、一件件实物,展现了母子二人坚不可摧的革命信念和舍生取义的爱国精神。

红岩魂陈列馆

我们来到重庆歌乐山烈士陵园脚下，会看到一座宏伟的红岩魂陈列馆。重庆歌乐山烈士陵园里安葬的是1949年重庆解放前夕，在歌乐山上的白公馆和渣滓洞两所监狱里遇害的300多名烈士，红岩魂陈列馆里展示的则是他们的英雄事迹。王朴当年正是被囚于白公馆监狱，最终壮烈牺牲。在陈列馆的一楼展厅中，有王朴和母亲金永华的事迹介绍。陈列馆中陈列的1300余张图片、1000多件文物,无不彰显着英烈们的铮铮铁骨,他们甘愿把牢底坐穿、慨然赴死,也绝不向敌人屈服。

红岩魂陈列馆一楼展厅中关于王朴和他母亲金永华的介绍

江竹筠：
盼教以踏着父母之足迹

灼灼红梅

红岩上红梅开,千里冰霜脚下踩,三九严寒何所惧,一片丹心向阳开,向阳开。

红梅花儿开,朵朵放光彩,昂首怒放花万朵,香飘云天外。唤醒百花齐开放,高歌欢庆新春来,新春来。

《红梅赞》这首歌曲一响起,革命者"江姐"身穿红色毛衣、围着白围巾坚贞不屈、大义凛然的美丽形象,就会浮现在我们的面前,也令我们联想到她灼灼红梅一般的品格与情操。

江姐名叫江竹筠,曾用名江雪琴等。1920年8月,她出生于四川省自贡市,10岁时到重庆的织袜厂当童工。1939年,她在读中学时加入了中国共产党。1947年11月她与爱人彭咏梧赴川东准备发动武装起义,她负责秘密联络工作。两个月后,彭咏梧不幸在战斗中牺牲。江竹筠在1948年2月独自返回万县(今重庆市万州区),参加县委工作,同年6

月因叛徒告密被捕,被关进重庆渣滓洞。

即使身陷囹圄,江竹筠也从未放弃革命的信念,她不断地鼓励难友,坚定大家胜利的信心,还利用各种机会参与和领导狱中的斗争,被大家亲切地称为"江姐"。

长篇小说《红岩》中有这样一个情节:新中国诞生的喜讯从北平传到了重庆渣滓洞监狱。江姐和难友们一起,用一块红布绣出了一面简易的红旗,庆祝共和国的新生,庆祝他们的伟大理想的实现。歌剧《江姐》里有一首《绣红旗》的歌曲,咏唱的就是江姐和难友们怀着无比喜悦的心情庆祝新中国的诞生的情景。

我知道我该怎么样子的(地)活着

我下来(指从重庆回到万县)已经快一月了,职业无着,生活也就不安定……

四哥,对他不能有任何的幻想了。在他身边的人告诉我,他的确已经死了,而且很惨。"他会活着吧?"这个唯一的希望也给我毁了,还有什么想的呢?他是完了,"绝望"了。这惨痛的袭击你们是不会领略得到的。家里死过很多人,甚至我亲爱的母亲,可是都没有今天这样叫人窒息得透不过气来。

　　可是,竹安弟,你别为我太难过。我知道我该怎么样子的(地)活着。当然,人总是人,总不能不为这惨痛的死亡而伤心。我记得不知是谁说过:"活人可以在活人的心里死去,死人可以在活人的心中活着。"你觉得是吗?所以他是活着的,而且永远地在我的心里。

　　这是江竹筠1948年3月19日从四川省万县写给共产党员谭竹安的一封信。信里说到的"四哥",是指江竹筠的爱人和战友彭咏梧烈士。

　　1944年,党组织安排江竹筠进入四川大学农学院读书,从事党的秘密工作。在大学期间,江竹筠学会了俄语,阅读了许多来自苏联的书籍和报刊。有一年夏天,她回到重庆时,参加了中苏友协招待会,会上放映了一部苏联影片《丹娘》,影片讲述的是苏联女英雄丹娘英勇不屈的战斗故事。从此,女英雄丹娘就成了江竹筠心目中的偶像。后来她被捕入狱时,监狱里的难友们也把她称为"中国的丹娘"。

1945年,江竹筠与彭咏梧结婚。1947年,在反饥饿、反内战、反迫害运动中,她受中共重庆市委地下组织的指派,跟随彭咏梧到川东开展武装斗争,担任中共川东临时工作委员会和下川东地区工委的秘密联络员。

当时,彭咏梧担任中共川东临时工作委员会委员兼下川东地区工委副书记,是在这个地区开展武装斗争的秘密领导人。斗争的环境异常危险,随时都可能被捕和牺牲。但是,江竹筠夫妇从来也没有畏缩和后退。1948年1月16日,彭咏梧在巫溪鞍子山激战时不幸被围,惨遭杀害。凶残的敌人把彭咏梧的头颅悬挂在城门上,想用这种方式威吓革命者和进步群众。

敌人的屠杀和搜捕吓不倒江竹筠,她悄悄地擦干了眼

泪,毅然接替了丈夫的工作。她对身边的战友说:"这条秘密战线的关系,只有我熟悉,我应该在老彭倒下的地方继续战斗下去。"

写在狱中的"托孤书"

1948年6月14日,由于叛徒出卖,江竹筠在万县不幸被捕。敌人把她押送到有着"人间地狱"之称的重庆渣滓洞监狱里关押。

在监狱中,江竹筠受尽了国民党军统特务的各种酷刑,老虎凳、吊索、带刺的钢鞭、撬杠、电刑……敌人甚至把竹签钉进了她的十指,妄想从这个年轻的女共产党员身上找到"突破口",获得重庆地下党组织的名单。但是,面对敌人的种种酷刑,江竹筠始终坚贞不屈,没有吐露半个字。

"你们可以打断我的手,杀我的头,但是想要得到组织的名单,那是痴心妄想……你们的竹签子是竹子做的,但是,共产党员的意志是钢铁铸成的!"她的坚贞不屈、英勇顽强让那些杀人不眨眼的特务也心惊胆战!

江竹筠有一个寄养在亲戚家的幼小的儿子,她心里非常惦念。1949年8月,她在狱中把一根筷子磨成竹签当笔,用棉花灰制成的墨水,含泪写下了一封"托孤"的遗书。遗书仍然是写给"竹安弟"的,由一个被狱中同志们策反的看守带出了监狱,这也是江竹筠就义前最后的遗言:

竹安弟:

友人告知我你的近况,我感到非常难受。幺姐及两个孩子给你的负担的确是太重了,尤其是现在的物价情况下,以你仅有的收入,不知把你拖成甚(什)么个样子。除了伤心而外,就只有恨了……我想你决不会抱怨孩子的爸爸和我吧?苦难的日子快完了,除了希望这日子快点到来而外,我什么都不能兑现。安弟,的确太辛苦你了!

我有必胜和必活的信心,自入狱日起我就下

了两年坐牢的决心。现在时局变化的情况,年底有出牢的可能。蒋□□(指蒋介石)的来渝,固然不是一件好事。但是不管他如何顽固,现在战事已近川边,这是事实,重庆在(再)强也不能和平、京、穗相比,因此大方的(地)给它三四月的命运就会完蛋的。我们在牢里也不白坐,我们一直是不断地在学习,希望我俩见面时你更有惊人的进步。这点我们当然及不上外面的朋友。

话又得说回来,我们到底还是虎口里的人,生死未定。万一他作破坏到底的(地)孤注一掷,一个炸弹两三百人的看守所就完了。这可能我们估计的确很少,但是并不等于没有。假如不幸的话,云儿就送你了,盼教以踏着父母之足迹,以建设新中国为志,为共产主义革命事业奋斗到底。

孩子们决不要骄(娇)养,粗服淡饭足矣。幺姐是否仍在重庆? 若在,云儿可以不必送托儿所,可节省一笔费用,你以为如何? 就这样吧,愿我们早日见面。握别。愿你们都健康!

来友是我很好的朋友,不用怕,盼能坦白相谈。

竹姐
八月廿七日

　　信中的"云儿",就是指江竹筠和爱人彭咏梧的儿子。

　　江竹筠是一位坚强的革命者,也是一位渴望亲情、满怀亲情的母亲。她在生命的最后时刻,除了革命事业,最牵挂的就是自己的孩子。江竹筠留下的这封遗书原件,字迹相当潦草,不时出现涂改墨迹,表露了她对爱子的牵挂,表露了她忧虑与孩子骨肉永别的痛彻之情。信中她也对孩子未来的成长寄予了期待和希望:"盼教以踏着父母之足迹,以建设新中国为志,为共产主义革命事业奋斗到底。""孩子们决不要骄(娇)养,粗服淡饭足矣。"

　　离胜利到来的时刻越近,丧心病狂的敌人就越是害怕。1949年11月14日,就在重庆即将解放的前夕,江竹筠被国民党军统特务秘密地杀害于歌乐山中。这一年,她年仅29岁。

博物馆里的珍贵记忆

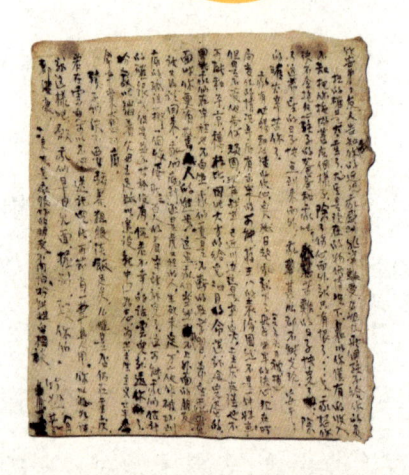

江竹筠烈士遗书

上图展示的是江竹筠给共产党员谭竹安的信,现藏于重庆中国三峡博物馆。1949年8月,江竹筠被关押在重庆渣滓洞,她在狱中给谭竹安写下了这封信。在这封长信中,江竹筠表达了对革命胜利的信念、对国民党反动派的痛恨,同时也诉说了自己对孩子云儿的惦念,她希望云儿能够健康快乐地成长,但绝对不能娇养,只要能吃得饱、穿得暖就足够了。谭竹安是江竹筠信赖的革命战友,因此江竹筠在信中放心地把孩子交给这位"竹安弟"来照顾。江竹筠是一位伟大的革命战士,也是一位伟大的母亲。

江姐纪念馆

1944年,江竹筠由党组织安排进入四川大学学习,因此,这座古香古色的江姐纪念馆就设在四川大学校园内。

纪念馆是在江竹筠曾经居住的望江校区女生院旧址之上建立起来的,于2019年11月14日江竹筠牺牲70周年纪念日开馆。这里设有"锦江红

梅傲雪开"主题展览,介绍了江竹筠短暂而伟大的一生。展览中有不少她在四川大学读书期间的珍贵档案,比如:江竹筠亲自填写的入学登记表,申请困难补助登记名册,转系登记名册,在华西协和大学附属医院做剖宫产的手术记录以及江竹筠休学登记名册等。

　　江竹筠在四川大学积极参加和领导学生运动,开展秘密工作。这些档案为我们生动还原了一个思想进步、满腔爱国热情的江姐,也将她坚定的理想信念与坚贞的革命精神传达给了每一位在这里驻足的人。

谢觉哉和夫人王定国：
言传身教　传承红色火种

10

扫码听书
"声"临其境

一对革命的老战士

谢觉哉是老一辈无产阶级革命家,也是著名的教育家、法学家。在延安时期,他和另外四位老革命家董必武、林伯渠、徐特立、吴玉章一起被尊称为"延安五老"。

谢觉哉的夫人王定国,也是一位老红军战士。她是四川省营山县人,少年时曾被卖作童养媳,后来在共产党人的帮助下逃脱了不幸的婚姻。20岁时,她在家乡加入了中国工农红军,后来又随红四方面军三过雪山草地。24岁那年,王定国与谢觉哉结为伴侣。

红军到达陕北后,部队条件依旧非常艰苦,缺吃少穿、人困马乏。为了丰衣足食,根据地的军民开展了轰轰烈烈的大生产运动,无论男女老幼,人人都要动手种田、种菜、养猪、纺线,毛泽东、朱德、周恩来等中央领导同志也加入了大生产的行列。

王定国在大生产运动中多次被评为劳动模范。在中央机关队伍里,数她养的猪最大、最肥,毛主席知道这件事后,高兴地为她亲笔题写了"再接再厉"四个大字,还亲手为她戴上了大红花。

王定国年轻时搞生产是一把好手,但她也有不擅长的地方。1937年冬天的一个晚上,谢觉哉要赶写一篇文章,就让王定国去隔壁帮他找一份《民国日报》和一份《西北日报》来。王定国来来回回拿了几次都不对。

谢觉哉一急之下,埋怨了一句:"定国呀,你怎么连拿份报纸都拿不对?"王定国低着头,委屈地回答:"我不认识字,认不出哪份是哪份。"

从那一刻起,王定国就暗暗下定决心,要认真识字学文化,这样才能更好地协助丈夫做好工作。果然,在后来的日子里,王定国一个字一个字地学习,日积月累,终于也能自己读报、写信了。

新中国成立后,这对革命的老战士仍然保持着艰苦朴素的本色,互敬互爱,学习不止,奋斗不止。谢觉哉还耐心地教王定国写诗词、练书法。

1953年5月15日,在谢觉哉70岁寿辰那天,王定国给他写下了一段押韵的"祝寿语":"谢老,自从我们在一起,不觉已近二十年。相互勉励共患难,喜今共享胜利年。花长好,月常圆,为建设共产主义社会,祝你万寿无疆,祝你青春永远。"

王定国生日到来时,谢觉哉也欣然赋诗一首,回赠给妻子:"暑往寒来五十年,鬓华犹衬腊花鲜。几经桑海人犹健,俯视风云我亦仙。后乐先忧斯世事,朝锄暮饲此中天。三女五男皆似玉,纷纷舞彩在庭前。"

言传身教的好家风

谢觉哉和王定国以身作则、言传身教的好家风,深深影响着子女和其他晚辈的成长。他们帮助年轻人确立了正确的人生观,让他们堂堂正正地做人,踏踏实实、勤勤恳恳地为国家工作。

我们从谢觉哉写给晚辈的几封家书里,就能看出他和夫人王定国对后辈的教育是怎样的苦口婆心、循循善诱。

1951年1月27日,谢觉哉给侄女谢谦芳、侄子谢茂杞和孙子谢学初、谢峙璜、谢延仁等晚辈写过一封家书,信中写道:

> ……你们有几个是学科学的。建设新社会,需要科学,过去学了没用,现在到处缺乏科学人才。电机学生全国最少。我国水电的储量,除东北外差不多都原封未动,而我国的建设,要求很快就电气化,学电机的青年要努力(奋斗于)这一事业。
>
> …………
>
> 为着革命,为着社会,我祝福(希望)你们和社会上的进步青年看齐,并且身体强健。

信很长,有1300多字,每一个字、每一句话都充满了谢觉哉对晚辈成长的殷切关心。他希望年轻人勇于吃苦,希望他们"从艰苦的过程中,得到隽永的味道",同时也要培养自己的家国情怀,懂得敬爱、感恩父母。

在这封信的末尾,他还不忘加上一句:"定国祝你们努力前进。"可见,谢觉哉写给孩子们的那些话,也饱含着王定国的嘱咐和期望。

1961年4月2日,谢觉哉给女儿、儿子、养女等晚辈写了一封长信,信中写道:

> 做事,不只是人家要我做才做,而是人家没要我做也争着去做。这样,才做得有趣味,也就会有收获。
>
> ……
>
> 飞飞说:"学习导演,对我来说是复杂、困难的,它需要丰富的经验和广博的知识,而这些,我的经验和思考都很少。"这话很对……经验、知识是无穷尽的,只要用心,随时随地都可学到东西;只要虚心,别人的书本上的经验知识,都可变为自己的经验知识。
>
> ……

信中提到的"飞飞"就是谢飞,他是谢觉哉和王定国的第三个孩子,后来成为我国著名的电影导演。谢觉哉在这封信中从孩子们日常生活中的一些小事说起,叮嘱和鼓励孩子们要养成有责任心、持之以恒、用心学习、勤俭节约等良好的生活习惯和美好品德。透过这封信,我们也能感受到老一辈革命家的高风亮节和对后辈的殷切希望。

生命的火种

1971年6月,革命老人谢觉哉逝世。后来,中央一位领导同志叮嘱王定国:你最主要的任务,是将谢老的遗著收集整理发表,这对党和国家、对教育子孙后代,都将是重大的贡献。

在此后的十多年里,王定国花费了大量的心血,整理了谢觉哉留下的文稿和日记,先后整理出版了《谢觉哉传》《谢觉哉书信集》《谢觉哉日记》等历史文献。

王定国曾自谦说自己的文化水平并不高,但她凭着自强不息的毅力,结合整理谢觉哉文稿的感受与体会,再加上对自己亲历事情的回忆,撰写了《留在昨天的情思》《后乐先忧斯世事》等回忆录。

谢觉哉是我党德高望重的老红军、老干部,他去世后,按照有关规定,遗属完全可以继续住在原来的房子里。可是,王定国却主动找到组织说:"我有自己的工作,我是什么级别,就住什么房子!"

随即,她请组织给谢觉哉的秘书分配了新的工作,退掉了组织上给谢觉哉配备的车子和司机,搬出了带院子的大房子。

受到父亲、母亲言传身教的影响,谢觉哉、王定国夫妇所有的子女,没有一个人利用父母的身份给自己谋取过特殊的照顾。长子谢飘曾回忆:"母亲一直要求我们学本事、干实事,做一个普普通通的老百姓!"著名电影导演谢飞是谢家的老三,他认为母亲的乐观与坚忍,是他们这个红色家庭的精神基因,早已传承到七个子女以及他们的后代心中。

谢飞说:"母亲常常教育我,要好好拍戏,别想着做官。所谓家风,不是写在牌匾上的,而是实实在在地做事情;所谓传承,不是挂在口头上,而是一种自然、自觉的行为。"

王定国在《后乐先忧斯世事》这本书里也写过这样一段话:"我清楚地记得,在漆黑的夜晚,在蜿蜒曲折的路上,我们点燃了火把,长长的队伍像火龙一样,把天地照得通红……我一直在寻找这生命的火种。"

王定国老人离休后,继续发挥余热,一心扑在"关心下一代"的工作中。91岁高龄时还重走了一次长征路,99岁还去参加植树造林活动……她把自己最后的一点儿光和热,全部献给了党和国家,献给了人民,尤其是祖国的孩子们。

谢觉哉和王定国言传身教创下了好家风,也赢得了子女和孙辈无限的敬重与爱戴。在孩子们心目中,无论是谢觉哉还是王定国,都像是明亮的火把。家风永流传,也意味着火种永不熄灭。

博物馆里的珍贵记忆

谢觉哉出席中共"七大"的代表证

这是一份珍贵的中国共产党第七次全国代表大会的代表证，现藏于中国国家博物馆，上面清晰地写着出席者的名字——谢觉哉。1945年，中国共产党第七次全国代表大会在延安举行，老革命家谢觉哉作为正式代表亲眼见证了这场在抗战胜利前夕的历史转折关头召开的重要会议。

谢觉哉去世后，与他同为革命战士的夫人王定国把这份代表证捐赠给了国家。他们这对夫妻在革命中相互扶持，培养了深厚的情谊，把全部的光和热奉献给了国家，为我们留下了一段段佳话。

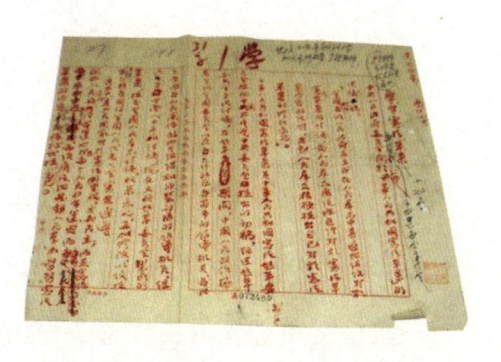

谢觉哉著《学习宪法草案》一文手稿

  这幅朱红色的毛笔手书原稿是谢觉哉学习宪法草案的心得，1954年由新观察杂志社捐赠，现珍藏于国家典籍博物馆。谢觉哉一生为我国民主法制工作做出了重大贡献，早在1945年，由谢觉哉负责的宪法研究会就在延安起草了边区《宪法草案大纲》。解放战争时期，谢觉哉还领导起草了民法、刑法和土地改革法等草案，为即将诞生的新中国制定新法典付出了大量心血。这幅手稿的字里行间，体现的全是谢觉哉对人民民主的重视，也体现了他对党和国家的热忱与负责。

谢觉哉故居

今天，我们来到谢觉哉故居，它位于湖南省宁乡市。这是一座十分简朴的农家房舍，堂屋中悬挂着谢觉哉像，里面收藏了谢觉哉生前的各种文稿及各类日常用品，还有介绍谢觉哉生平的主题陈列。屋外前临农田，后依山坡，松竹环绕，充满着自然的清新气息。这里青砖泥墙，屋盖小青瓦，用谢觉哉自己的话来形容就是："家乡好，屋小入山深。河里水清堪洗脚，门前树大好遮阴，六月冷冰冰。"望着这座简单朴素的故居，我们真切地感受到了谢觉哉一家清清正正的家风。

这是谢觉哉的部分手迹的陈列。谢觉哉故居中的陈列以"人民司法制度奠基者"为主题，细数了谢觉哉的丰功伟绩。在这里，我们可以感受到，老一辈革命家即使功勋卓著，也依然保持着艰苦朴素的优良作风。

谷文昌和夫人史英萍：
好家风是珍贵的"传家宝"

11

扫码听书
"声"临其境

两只木箱子的家当

在福建省革命历史纪念馆里,珍藏着20多件谷文昌老书记生前的日常用品,包括衣服、鞋帽、皮箱、书籍、印章、放大镜等,有的衣服上还打着补丁,这些物品看上去都那么普通、朴素、简单。在这些文物里,还有12封书信,它们是谷文昌的战友和老伴儿史英萍多年来默默资助过的一些贫困学生的来信。信上有称"史奶奶"的,也有直接叫"妈妈"的,信的内容,有的是向史奶奶汇报学习和成长情况,有的是表达对史奶奶的感谢和祝福。这些普普通通的旧物品,还有这些感情真挚的书信,见证了谷文昌和史英萍这对老夫妻多年来对党和国家、对百姓和社会默默的、无私的奉献,也见证了两颗善良、朴素且崇高的大爱之心。

1915年10月,谷文昌出生在河南省林县(今林州市)。小时候因为家境十分贫寒,他跟着大人逃过荒、要过饭,还当过长工和石匠。长大后,他参加了革命工作,还光荣地加入了中国共产党。在党的培养下,他成了一名优秀干部,在老家担任过区长和区委书记。

1949年1月,人民解放军迅速向江南推进。伴随着"打过长江去,解放全中国""将革命进行到底"等响亮的口号声,谷文昌和妻子史英萍随大军南下,来到了福建。谷文昌先后担任过东山县县长、县委书记,还在福建省林业厅、龙溪地区林业局、龙溪地区行政公署等单位担任过领导职务。史英萍也担任过东山县妇联主任等职。

在福建省东山县的东南部,有一片荒沙滩,一旦狂风吹起,这里就风沙蔽日,人畜遭殃。多少年来,当地百姓深受这片荒沙滩的风沙灾害之苦。谷文昌来到东山不久,就了解到了这一情况。他对身边的干部们说:"要治穷,先除害!不治理好风沙灾害,我们对不起东山人民!"

有人有畏难情绪,说:"千百年来,也没有谁能治服这片荒滩。"

谷文昌说:"我们是共产党人,是为老百姓服务的,共产党人就应该有'敢教日月换新天'的胆魄!"为了治理风沙,谷文昌立下了铮铮誓言:"不治服风沙,就让风沙把我埋在这里！"

谷文昌带着全县的干部群众修筑拦沙堤、植树造林，"上战秃头山，下战飞沙滩，绿化全海岛，建设新东山"，经过数年艰苦的奋战，他们终于把千百年来危害东山人的风沙给治理得服服帖帖。如今，全县400多座山丘和3万多亩荒沙滩已经变得郁郁葱葱，141公里的海岸线上筑起了"绿色长城"……

谷文昌对工作要求十分严格，对自己的生活也十分"严苛"。谷文昌和史英萍夫妻俩，虽然都是南下干部，但他们始终不忘自己农家子弟的本色，艰苦奋斗，勤俭持家。在他们夫妻的"人生字典"里，只有"奋斗"和"奉献"，从来没有"享受"二字。没有人会想到，从河南老家一路南下，两只木箱子，就是他们的全部家当！箱子里装着的是两个人简单的工作和生活用品。从黄河边，到长江以南，再到东南海岛，从东山到福州、宁化、漳州，这两只木箱子，成了他们"最值钱"的家具。

按说，两个人都是国家干部，每个月都有固定的薪水，可是，在自己身上，他们却从来不舍得多花一分钱。谷文昌的一件旧大衣，穿了20多年，补了又补，依然还披在身上。在东山工作时，家里连张像样的饭桌都没有，他们就在县政府宿舍的露天石桌上吃饭。遇到下雨，家里人只好端着碗躲在屋檐下吃。

但是，对待找上门来反映困难的东山百姓，夫妻俩却从不吝啬，从来都是热心相帮，不是留他们吃饭，就是给他们送上一点儿钱、粮票、布票，或者别的东西。

那时，全国实行口粮定量供应，谷家孩子多，本来也没有多余的口粮。留群众吃饭，家人就得从自己的嘴里省出口粮。有时孩子们吃不饱，看着别人吃饭也会眼馋。谷文昌就告诫他们："要看看老百姓穿的是什么，吃的是什么，不能一饱忘百饥呀！"

1981年1月30日，谷文昌因积劳成疾，在漳州病逝。那两只木箱子的"家当"，是谷文昌留给妻子和孩子们的全部"遗产"，一笔宝贵的"精神遗产"。跟这两只木箱子一同留给孩子们的，更是可贵的廉洁、清正的家风。

清正的家风

无论是做人还是做事,谷文昌和史英萍夫妇都以身作则,对子女们的要求十分严格,甚至有些"不近人情"。

1962年,谷文昌的大女儿谷哲慧高考落榜,想要参加工作。那时候,全国的高中生也不算多,高中毕业生就称得上是小知识分子了,所以,当时东山县有城市户口的高考落榜生,都会被安排一份正式工作。可是,身为县委书记的谷文昌,却坚持让女儿去当了一名临时工。

女儿心里有怨言,他就开导女儿说:"爸爸是领导干部,按说给你安排一份正式工作也很容易,可我不能啊!东山县的老百姓都在看着我哪!我总不能优先安排自己的子女吧?你还年轻,应该多锻炼锻炼,就当是爸爸欠你的吧。"

两年后,组织上调谷文昌到福建省林业厅担任领导职务,有关部门提出,是不是该给他大女儿转成正式工了,这样可以一起调到福州。谷文昌听了,连忙说:"省里调的是我,与女儿无关,两码事!"就这样,他的大女儿一直留在东山,当了十几年的临时工,直到1979年才根据政策自然转正。

东山县铜陵镇的一位老人陈炳文,曾是谷哲慧年轻时的同事,谈起谷哲慧,老人记忆犹新:"(谷哲慧)人很踏实,说话轻言细语,穿着打补丁的裤子,能吃苦,下乡睡地铺,没有一丁点儿千金小姐的脾气。来了几个月后大家才知道,她原来是县委书记的女儿。我们都以为她在临时工岗位上只是锻炼锻炼,很快就会转正、提干的,没想到从临时工转为正式工,她用了15年。"

谷文昌最小的儿子叫谷豫东,1976年,谷豫东高中毕业了。这个朝气蓬勃的小伙子有一个朴素的梦想,就是穿上一身蓝布工装,到工厂车间去当一名工人。当时,他的母亲体弱多病,几个孩子都不在身边,而根据当时的政策,一对夫妇有一个子女留城工作的指标。谷豫东对父亲说出了自己的心愿——留在城里当工人。

谷文昌对这个小儿子甚是疼爱,也不能说儿子的愿望有什么错。但他沉默了许久,最后还是说道:"我看还是到农村去好,知识青年上山下乡,接受再教育,这是毛主席的号召。"

儿子据理力争:"我们这样做,又没有违反政策。"

谷文昌说:"是没有违反政策,可我是领导干部,我要是带头向组织开口,给自己孩子安排工作,以后怎么做别人的工作呢?"

儿子又退了一步,请求父亲"打个招呼",把自己就近安排在东山县当知青,这样,节假日或许还能回家照顾一下母亲。

谷文昌对此仍然坚决反对,说:"在东山,人家都知道你是谷文昌的儿子,有人就会想办法照顾你,这样也会造成不好的影响,对一般的群众子女也是不公平的,你自己就得不到应有的锻炼。"

最后,组织上像对待所有下乡的年轻人一样,把谷豫东安排到了南靖县偏远的山村朱坑知青点落户。

谷文昌知道儿子心里有委屈,也没有再多说什么。到了儿子要离开家的前一天,谷文昌破例早早回到家,默默地帮儿子整理行李,忙活到了半夜。第二天清晨送儿子出门时,他还特意取出前些天拍的一张全家福照片,默默地放进儿子的行李里。这一刻,儿子终于理解了父亲,父亲并不是一个不在乎和不注重亲情的人。

许多年后,谷文昌的故事在全国传开了,有人曾问谷豫东:"你父亲对你们几个兄弟姐妹要求这么严格,难道他不关心你们吗?"

谷豫东如实回答说:"我父亲不是不关心自己的亲人,而是在他心中,还有比亲情更重要的东西,那就是党性原则。"是的,在谷文昌心中,"亲情"与"党性"的天平,当然是后者的分量更重。

言传身教的优良家风,就像春雨润物细密无声。谷文昌担任福建省林业厅副厅长多年,家里却几乎看不见一件木制家具,桌椅、板凳、柜子等,大都是南方常见的、最普通的藤制品。对此,谷文昌也有自己的说法,他告诉过孩子们:"国家的林木资源十分宝贵,能不用实木家具,最好不用。"谷文昌的子女结婚成家的年代,还流行自己请人打家具,二女儿谷哲芬结婚时,曾想通过父亲买些木材做家具,但被父亲严词拒绝了。父亲对她说:"我分管林业,写张条子批点木材,这有何难? 但是,如果我做了一张桌子,别人就有理由做几十张、几百张桌子。我犯了小错误,下面就会犯大错误。当领导干部的,要先把自己的手洗净,把自己的腰杆儿挺直! 这点道理你难道也不懂吗?"

父亲的这番话,谷哲芬牢牢记在心里。所以,她成家后,也坚持使用藤制家具,只有家具破了洞,藤条磨损了,实在不能用了,才换上新的。谷哲芬还把父亲跟她讲过的话,原原本本地讲给自己的两个孩子听,嘱咐孩子们记住外公创下的好家风,一代代地传下去。

珍贵的"传家宝"

谷文昌去世40多年了,但谷家"清白持家、简朴本分、为民奉献"的家风,一直被东山的干部群众传为美谈。

谷文昌的老伴儿史英萍在丈夫去世后,也一直过着十分俭朴的生活。她平时省吃俭用,不肯在自己身上多花一分钱,却年年都把自己节省下来的工资拿出来,先后资助了18个贫困家庭的孩子念书。

子女们也曾劝过母亲:退休工资本来也不多,再怎么也得把自己的饮食安排得有营养一点儿吧?母亲却笑着对孩子们说:"一日三餐,粗茶淡饭,不也生活得好好的吗?若是你们的爸爸还活着,他一定也会支持我这么做的。"

为了多节省一点儿钱,史英萍后来把订的牛奶都退了。有时候,被资助的孩子们临时需要费用,她的资助金不够了,不得已只好开口让子女们"赞助"她一些。她说:"哪怕我们自己苦一点儿,也不能苦了那些学生娃呀!"

为了帮母亲完成这些心愿,子女们都会从各自不多的工资收入里"挤"出一些钱来交给她。这样,许多年来,史英萍对贫困学生的资助从没中断过。所以也就有了那些被收藏在博物馆里的、曾经得到过资助的学生们感恩"史奶奶"的书信。

在东山县,多年来,清明时已经形成了一种"先祭谷公,再祭祖宗"的风俗。"谷公"就是当地百姓对谷文昌的尊称,

由此可见谷文昌在当地留下的好名声。

东山县的一位领导曾对记者说:"这么多年来,谷文昌的家人从来没有找过县委、县政府帮忙办事,县里多次邀请他们全家回东山走走看看,他们都婉拒了,而他们每年清明节来给谷文昌扫墓,都是悄悄地来、悄悄地走,从来没有惊动地方,更不曾让地方上提供什么方便。"

谷文昌和夫人史英萍立下的清正家风,正在被儿孙们一代一代传承下去。谷文昌式的好家风,不仅是谷家珍贵的"传家宝",也是所有共产党人牢记初心、不改本色的无价珍宝。

博物馆里的珍贵记忆

谷文昌用过的自行车

　　这是一辆看上去普通但实际大有来历的自行车，它是谷文昌在福建省东山县工作时用过的，现藏于东山县东山国家森林公园内的谷文昌纪念馆。当年，谷文昌就是蹬着这辆自行车，穿梭在东山县的山间小路上，治风沙、抗旱涝，为改善老百姓的生活环境不停奔波着。当年车轮轧过的荒岛，如今已成为富饶的绿洲，而谷文昌一心为公、无私奉献的精神永远留在我们心中。

谷文昌纪念馆

谷文昌纪念馆坐落在东山国家森林公园内,在通往这座纪念馆的路上,你首先能欣赏到的是东南大地的美好自然风光,因为位于东山国家森林公园中的赤山林场,就是谷文昌当年亲手建立起来的。

慢慢走近这里,苍翠的绿与纯净的白相得益彰。进入纪念馆,你会在

这里看到大量珍贵的历史照片、图片和谷文昌生前曾经使用过的物品，这些生动再现了党的好儿女、人民的好书记谷文昌同志从1953到1964年间，面对恶劣的自然环境，带领东山人民矢志不渝，植树造林、治理风沙，从根本上改变东山生态环境的动人情景。

谷文昌故居

这朴素的房屋，就是位于河南省林州市石板岩镇郭家庄南湾村的谷文昌故居。它十分简朴，石头门、石头墙、石头屋顶，是谷文昌一以贯之的朴素生活最好的见证。

12

甘祖昌和夫人龚全珍：
打赤脚的将军

将军回到家乡

开国将军坚决要求回乡当农民？这可是一件稀奇事！这位将军，就是曾对中国的革命事业做出了重要贡献的老红军——甘祖昌。

甘祖昌是江西省莲花县人，1927年，22岁的他加入了中国共产党，第二年就参加了中国工农红军。

他从红色根据地井冈山起步，跟随红军参加了长征，接着又参加了抗日战争、解放战争，是一位身经百战、战功赫赫的开国将军，荣获过八一勋章、独立自由勋章、解放勋章等。

1952年春天，正在新疆军区担任后勤部部长的甘祖昌，在检查完工作返程时，乘坐的车子翻到了河里。他身负重伤，留下了严重的脑震荡后遗症。此后的日子里，他常常因为自己的身体叹气，总觉得自己正当壮年，但为党和国家做的工作太少了。

1955年,甘祖昌被授予少将军衔。与此同时,他的脑震荡后遗症越来越严重,他觉得自己不能再胜任部队里的领导工作了。有一天,他对妻子龚全珍说:"比起那些为革命牺牲的老战友,我的贡献太少了,组织上给我的荣誉和地位太高了!"

妻子一直明白他的心事,就说:"你有什么打算,就向组织说吧,无论怎样我都支持你!"

于是,甘祖昌就不止一次地向上级打报告,请求组织批准他"解甲归田",回江西老家去当一名普通的农民。

1957年,组织上经过慎重研究,决定尊重他的意愿,批准了他的请求。这一年8月,甘祖昌带着家人离开部队,回到了老家莲花县沿背村。这一年,甘祖昌将军52岁,龚全珍34岁。

艰苦朴素的家风

从一位穿皮鞋的将军,一下子变成了田地里的"赤脚大仙",老家的乡亲们对甘祖昌的选择难以理解,都觉得他"太傻"。

有的乡亲还"数落"他说:"祖昌哪,你穿着草鞋从沿背村跟着红军队伍走了,好不容易打下了江山,打出了一个新中国,现在又打赤脚回到村里来,那你那么多年的仗不是白打了?血不是白流了?"

甘祖昌听了,哈哈一笑,连忙解释:"共产党、毛主席领导的革命队伍,是为全国的老百姓打江山的,为所有的劳苦大众谋幸福的,可不是为了贪图个人的高官厚禄和生活享受!怎么能说仗白打了、血白流了呢?"

"那你成了将军,又回到村里来种田、打柴,不后悔吗?"

"后悔啥呢?共产党人的本色,就是永远要艰苦奋斗呀!"

甘祖昌一点儿也不后悔自己的选择，心甘情愿地当起了打赤脚的种田人。他常常连一双草鞋都舍不得穿，早上赤脚出门，晚上赤脚回家，甚至还在家里定了个"规矩"：孩子们也一律不准穿鞋下田。

这是什么规矩？

夫人龚全珍和孩子们一开始也不太理解，更无法适应。特别是孩子们，一个月前还生活在部队大院里，吃着糖果唱着歌，转眼就变成了打赤脚的"野孩子"。

过了好久，孩子们才渐渐明白了父亲的"良苦用心"。原来，父亲让他们打赤脚不是为了省鞋。从小就当放牛娃、打柴火的父亲，懂得一个道理：在乡下，不会赤脚走路，就无法参加生产队的劳动，也就不能和农民们打成一片、同甘共苦。

龚全珍慢慢地也理解了丈夫的苦心，全力支持丈夫对孩子们的要求。很快，龚全珍也从一位"将军夫人"变成了一个地地道道的农妇，和丈夫一起，用艰苦朴素的好家风，默默地影响着孩子们的成长。

从此，孩子们对父母亲的选择和教导，都更加理解，脚

踏实地地跟着父母亲不断学习各种农活技艺,踏踏实实地当起了农民。

甘祖昌回到老家后,始终保持着老红军艰苦朴素的作风,一心一意帮助乡亲们排忧解难。

在他的生活里,没有"享受"二字,只有"吃苦"和"奋斗"两个词。他每次去北京开会,总是"上车前一碗面,车上一碗面,下车一碗面",靠着简单的三碗面,就从家乡到了北京,从无例外。

有一年,他获知有一个水稻优良品种叫"清江早",生长期只有短短70天,很是高兴,就对乡亲们说:"全县有一万多亩秧田,要是种'清江早'正好能赶上种晚稻,亩产五六百斤,全县可就有五六百万斤哪!"

他到处打听在哪里能买到"清江早"的稻种,技术员说在清江县(现为樟树市)农科所里有。甘祖昌说:"好,你跟我一起去,马上走!"

技术员说:"到了清江火车站,离县城还有七八里路,要不我先和县委联系一下,请他们派个车?"

甘祖昌说:"七八里路算什么?咱走着去!不要给人添

麻烦！"

不巧的是，那天下了雨，甘祖昌的布鞋上沾满了湿泥巴，赶起路来很不方便，他索性脱下鞋子提在手上赶路。看到眼前这一幕，那个年轻的技术员怎么也无法把这位甘爹爹和"开国将军"联系在一起。

甘祖昌务农的沿背村，耕地多是冬水田，平均亩产总是很低。他带着乡亲们用挖地下水道排除污水的方法，给农田开沟排水，使粮食亩产提高了50%。为此，他还被当时的中国科学院江西分院聘请为研究员。

后来，他又带着乡亲们经过多年奋战，在家乡修建了一座江山水库和好几条灌溉水渠。水库建成后，他又和技术员研究建发电站、机械修配厂和水泥厂等配套工程。有了发电站，附近的村子家家户户都有了电灯，从此结束了点煤油灯的历史。乡亲们欣喜地说："这电灯的光亮，是老红军给我们送来的哟！"

甘爷爷是"一盏明亮的灯"

从1969年开始,甘祖昌又找来工程师,带着乡亲们,冒着严寒,顶着酷暑,风餐露宿、披星戴月地苦干了三年,在家乡修建了12座大小桥梁,改善了全乡的交通条件。

这时,自甘祖昌回乡已经过去了十多年,孩子们从父母亲的日常生活和言行中,真切地体会到了什么叫共产党人的"一生为党、一心为民",什么是艰苦朴素的清白家风。

甘祖昌的孩子们成年后,也从来没有因为自己的父亲是新中国的开国将军,是国家和人民的功臣,而向组织要求特殊的照顾。

至今,甘祖昌和龚全珍的后辈,都在平凡的工作岗位上默默地、勤勤恳恳地工作,老老实实、清清白白地做人,从来也没有给父亲和母亲"抹过黑"。他们身边的同事和朋友,几乎没有人知道,他们是一位战功赫赫的开国将军的后代。

甘祖昌有个孙子,名叫甘军。甘军19岁参军入伍,21

岁成了一名光荣的共产党员,24岁转业回到家乡的工商部门工作。

无论是在部队里,还是转业到地方的普通工作岗位上,甘军一直把自己的爷爷是新中国的开国将军这个秘密,深深埋在心底,踏踏实实在基层一干就是十几年,还主动要求到地处偏远、条件艰苦的高坑工商所工作。

一直到2010年12月中旬,甘军的领导接到上面的电话,特邀甘军参加甘祖昌将军雕像落成仪式,大家这才知道,甘军竟是老将军的后代,而这个秘密竟然被甘军隐藏了十几年。

甘军还有一个秘密,就是他的眼睛。在部队服役时,甘军因公负伤,撞伤了右眼,被确定为三等乙级伤残。但他从来没有对领导和同事提起此事,大家都以为他是因为近视才戴眼镜的。

甘军在谈起自己一直保守的这两个"秘密"时,这样说道:"我很平凡,爷爷教育我,人生最重要的是要坚守信念,而不是对组织有所要求。在我心中,爷爷就是一盏明亮的灯。"

是的，甘爷爷不仅是孙子甘军心中的一盏灯，也是江西革命老区和全国的干部、百姓心中一盏不灭的灯。

"革命后代，将军传人；淡泊名利，情操高尚。"这是江西省萍乡市工商系统的同事们赞美甘军的16个字。这16个字，也包含着他们对甘祖昌家高尚美好的家风的礼赞。

不要给我盖房子

1985年，甘祖昌老将军的旧病复发了。新疆军区首长派人来慰问，提出要为甘祖昌在南昌盖栋房子养老。

甘祖昌听了，以不容商量的口吻说道："感谢组织上和同志们对我的关心，我已经80岁了，还盖房子干什么？为国家节省点儿开支吧。"

1986年春节过后，甘祖昌病势转重。弥留之际，他还不忘给家人交代说："领了工资，留下生活费……其余全部买化肥农药,支援农业……不要给我盖房子……"

1986年春天,甘祖昌在莲花县逝世。他没有为后代留下任何物质遗产。他回乡29年来,每月的工资除了留下维持一家人最低标准的生活费,其余的都尽量节省下来,用来建设家乡,为家乡添置各种农业和水利设备。甘祖昌陆续捐献给家乡的现金,仅是有据可查的数字,就有85000多元,占他工资的70%以上。平时他为乡亲们救急解难拿出的钱,更是无法统计了。

甘祖昌去世后,他的老伴儿龚全珍遵照丈夫的遗愿,继续艰苦奋斗,自强不息,也从来没有向组织提过任何要求。龚全珍以前在新疆的时候就是一名人民教师,到了莲花县,她继续以教师的身份,用教书育人的方式,倾尽自己的所有全心全意为乡亲们排忧解难,并在山村孩子们幼小的心田里播撒知识和美德的种子。

几十年下来,龚全珍自己早就记不清帮助过多少失学的孩子,劝回过多少辍学的儿童,为多少个贫困家庭的学生一次次默默地交了学费。

2013年9月26日,习近平总书记在会见第四届"全国道德模范"称号获得者时,将亲切的目光转向了坐在第一排的一位老人,饱含深情地对大家说道:"我向大家介绍全国道德模范龚全珍同志,她是老将军甘祖昌同志的夫人。"①习总书记还给在场的300多位与会者讲述了甘祖昌的故事,他说道:"甘祖昌同志是江西老红军、新中国的开国将军,但他坚持回农村当农民,龚全珍同志也随甘祖昌同志一起回到农村艰苦奋斗。半个多世纪过去了,龚全珍同志始终保持艰苦奋斗精神,并当选了全国道德模范,出席我们今天的会议,我感到很欣慰。我向龚全珍同志致以崇高的敬意。我们要把艰苦奋斗精神一代一代传承下去。"②

习总书记话音刚落,全场响起了经久不息的掌声……

---

①②习近平. 习近平谈治国理政·第一卷 [M]. 北京:外文出版社,2018:159.

博物馆里的珍贵记忆

甘祖昌四件宝:水壶、罗布巾、烟杆、挎包

这张照片展示的是"甘祖昌四件宝":水壶、罗布巾、烟杆、挎包,现藏于江西省萍乡市莲花县的甘祖昌将军故居。

甘祖昌家世代务农,他自己则从农民到将军,最后又做回农民,他的妻子龚全珍说,农民的身份比将军的身份更适合他。这简单朴素的"四件宝"常常伴

随着甘祖昌下地干活儿、与乡亲们亲切交谈。甘祖昌坚持"要挑老红军的担子，不摆老干部的架子"，因此他为建设家乡几乎倾尽了自己的所有，几十年如一日地过着清贫的生活。

甘祖昌将军故居

这栋普普通通的两层砖木楼房，就是甘祖昌的故居，它位于江西省萍乡市莲花县沿背村，是甘祖昌回乡后带领家人亲自动手建造的。故居基本保持了甘祖昌生前的

原貌，陈列着甘祖昌用过的劳动和生活用具，故居的墙上悬挂着甘祖昌夫妇的照片和事迹介绍。如今，这座故居每天都会迎来全国各地的参观者，在这里，大家一起缅怀甘祖昌将军，向甘祖昌将军学习。

甘祖昌龚全珍事迹展览馆

参观过甘祖昌将军故居后，你还可以参观同在莲花县的甘祖昌龚全珍事迹展览馆。

该馆于2015年4月1日开始对外开放,展览主题为"信仰·本色",这里陈列着与两位老人相关的近百件实物、两百余张图片以及十余种书籍专刊。配合长约三个小时的音视频,你在这里可以切身感受甘祖昌和龚全珍为祖国、为人民默默奉献的崇高精神。

13

申纪兰：
风雨兼程　见证时代

山西省平顺县西沟村,是一个深藏在太行山峡谷中的小山村,这里位置偏僻,自然条件恶劣,村民自古以来只能靠天吃饭,生活条件非常艰苦。然而,这一切却因为一位普通的妇女发生了改变,她就是申纪兰。

申纪兰生前是西沟村党总支副书记,第一届至第十三届全国人民代表大会代表,她在中国历史上第一次提出了"男女同工同酬",获得过"全国劳动模范""全国道德模范""改革先锋"等荣誉称号,她是"共和国勋章"的获得者,更是改革开放的实践者。多年来,她身不离西沟,手不离劳动,心不离群众,始终保持着共产党员的本色。

在西沟村生活的几十年里,申纪兰"比起信老天,更愿信劳动的力量",她坚持为农村的发展建言献策,用行动带领西沟村的乡亲们冲破传统观念束缚,带领他们发家致富,使西沟村发生了翻天覆地的变化。

男女应记一样的工分

申纪兰1929年出生于山西省平顺县杨威村。1946年,她嫁到西沟村后,就在村里积极参加劳动,迅速成长起来。1949年,申纪兰加入了西沟村妇女救国会,两年后被推荐为妇女救国会的主席。

1951年12月10日,西沟村办起了初级农业生产合作社,众人眼中的"铁娘子"申纪兰当选副社长。年仅22岁的申纪兰,积极发动妇女一起参加生产劳动。可当地流传着"好男走到县,好女不出院"的说法,西沟村的男女劳动报酬存在着极大的差距。干同样的活儿,女社员得到的工分比男社员少一半,女社员自然就缺乏劳动积极性。所以任凭申纪兰怎么做工作,很多妇女都不愿意参加生产劳动。

申纪兰明白问题的根源在于男女劳动地位的不平等。为了让妇女得到真正的解放,申纪兰第一个提出了"男女干一样的活儿,应记一样的工分"的口号。她开始走家串户,向妇女们宣传"劳动才能获得解放"的道理,同时努力做男社员的思想工作。

一开始,很多男社员不同意。申纪兰想:只有干出成果,才能让妇女不再受歧视。于是,她组织女社员和男社员开展劳动竞赛,比撒肥、比锄苗……事实证明女社员干得一点儿都不差,有的甚至比男社员干得还好。这场劳动竞赛产生了意想不到的效果,许多男社员也开始支持男女同工同酬了。

经过不断努力,1952年,西沟村在全国率先实现了"男女同工同酬"。1953年初,这一创举被《人民日报》用长篇通讯《劳动就是解放,斗争才有地位》报道了出来,25岁的申纪兰因此名扬全国。从此,申纪兰开启了为中国妇女拼出"半边天"的道路。她的努力和她带来的成果,在一定程度上解除了禁锢中国妇女上千年的封建思想的枷锁,产生了巨大的影响力。

1953年4月15日,申纪兰作为中国妇女第二次全国代表大会的代表在大会上发言,并被选为中华全国民主妇女联合会第二届执行委员会委员。同年,世界妇女代表大会在丹麦首都哥本哈根召开,中国派出了妇女代表团出席会议,申纪兰成了其中唯一的农村劳动妇女的代表。这次大会的主题正是争取女性和男性享受平等待遇,争取一个和平的世界,保卫妇女、孩子和家庭。

　　1954年9月,第一届全国人民代表大会第一次会议召开,申纪兰作为全国人民代表大会的代表出席了此次会议。也是在这一次大会上,男女同工同酬正式被写入《中华人民共和国宪法》。

1954年,申纪兰当选第一届全国人民代表大会代表

第一届全国人民代表大会上的四位山西女代表,从左到右分别为胡文秀(刘胡兰的母亲)、郭兰英、李辉和申纪兰

当人大代表就要代表人民

成为全国人民代表大会代表是申纪兰一生中的重要转折点,无论走到哪儿,她都十分珍爱她的代表证。在她看来,代表证可不仅仅是一张证件,更是一种责任。

但是一开始,申纪兰并没有想过自己会当上全国人大代表,更没想过还连续当了13届。她说:"什么准备也没有呀。突然接了个通知,我就成了全国人大代表。我当个合作社副社长就不错了,还能当全国人大代表?!激动呀,觉也睡不着。"回忆起第一次当代表的经历,她感慨道:"第一次开的人代会,在中南海的礼堂里。投票是把纸发到手里头,那时我真正的感觉是人民当家作主了!"

作为全国唯一一位出席第一届到第十三届全国人民代表大会的代表,申纪兰66年间始终坚持"从群众中来,到群众中去"的工作方法,她每年都要走访大量的群众,听取群众的心声,帮无数群众奔走。

申纪兰常说:"当人大代表,就要代表人民,代表人民说话,代表人民办事。"她还说:"咱是个农村人,是个农民,能参加上一届人代会就不错了。从第一届参加到现在,这是党和人民赋予我的责任,我必须把这个代表当好了,把群众的声音带到中央去,把党的声音带回来。"

几十年来,申纪兰提出的建议和议案涵盖"三农"、教育、交通、水利建设等各个领域,有关系国计民生的大事,也有涉及群众利益的小事。她提出的关于山区交通建设、耕地保护、新型农村合作医疗、农村干部选举、贫困地区旅游开发等议案不断得到采纳,人民的愿望不断得以实现。

这一路充满了鲜花与掌声,也充满了荆棘与坎坷,但是申纪兰用半个多世纪的代表生涯践行了人民赋予的神圣职责,见证了半个多世纪以来人民当家做主的光辉历程,她被称为人民代表大会制度的"常青树"和"活化石"。

脱贫路上决不掉队

1971年以后,申纪兰担任过平顺县委副书记、山西省妇联主任等职务。但她始终坚持"不领工资、不转户口、不定级别、不坐专车、不要住房、不脱离农村"的"六不"原则,永远保持着劳动人民的本色。

1984年冬天,申纪兰从山西省妇联卸任,回到了西沟村,但她前进的脚步没有停下,她抓住改革开放的时代机遇,带领群众开始创业,迎来了人生的又一次重大转折。

1985年,申纪兰利用西沟村的资源优势,带领村民建起了西沟村第一个村办企业——平顺县西沟铁合金厂,第一年就实现了150万元的利润。此后,她又带领西沟人先后建成了磁钢厂、石料厂、饮料厂和罐头厂等十多家集体企业。到1996年底,村办企业已取代农业、林果业和畜牧业,成了西沟村经济发展的支柱产业。西沟村走上了快速发展的道路。

2012年,为了响应国家号召,申纪兰和西沟村村民决定拆除不符合国家产业政策和环保要求的铁合金厂,重新寻找经济发展定位。几年间,西沟村的红色旅游基础设施一一兴建,新产业基地拔地而起。2015年,申纪兰又带领西沟村村民建起了香菇大棚基地,棚上光伏发电、棚下种植香菇,他们逐步探索出了一条"党支部＋合作社＋基地＋农光互补＋贫困户"的产业扶贫新模式。2016年,申纪兰积极促成山西的一家服饰公司入驻西沟村,解决了西沟村及周边贫困妇女近200人的就业问题。

2017年,西沟村经济总收入达1.2亿元,农民人均纯收入8800元,成了平顺县农民人均纯收入最高的村庄。

经过改革开放40多年的发展,申纪兰不断探索太行山区新的发展道路,带领西沟村初步形成了集旅游、商贸、种养为一体的产业发展新格局。西沟村再也不是那个"石头山、石头沟,谁干谁发愁"的村庄了,现在它已建成观光旅游、森林休闲、田园采摘、农产品开发四大园区,成为全国农业旅游示范点,一个农、林、牧、工、商、游全面发展的现代化新农村展现在人们面前。

以身作则教育后人

申纪兰获得过无数荣誉,但她始终铭记自己是一名共产党员,她严格要求自己,也严格要求后人。

申纪兰一生奔波,没能生育,领养了两女一男三个孩子。后来她忙于工作,就由婆婆尽心尽力地帮忙照顾孩子们。1996 年,丈夫因病离世,申纪兰独自承担丧夫之痛,瞒着婆婆处理了后事,接着又陪护照顾婆婆。在她的照顾下,婆婆活到了 93 岁,是村里最长寿的老人。

在申纪兰的教育下,她的子孙也都养成了勤俭节约、热爱劳动、低调做人的品格。孙子张璞上小学时,每个寒暑假都会在西沟村度过,他在西沟村的假期生活很紧张。天不亮,奶奶申纪兰就会把他从床上揪起来。白天他要跟着奶奶下地或在院子里干活儿,到了晚上,他还会被要求把写好的日记读一遍给奶奶听……

张璞在太原读大学时,申纪兰也常去太原开会,每次总会抽空去看他。见了面,时间有限,话也不多,申纪兰只问问张璞学习怎么样,和同学们相处得如何。一开始,张璞是申纪兰的孙子这件事在同学中传开,他免不了有些得意。申纪兰总会提醒他:"你和别人不一样的地方在于你要更努力,你要比别人强,就要比别人忙,要想学得好,就要比别人起得早。"

张璞说,奶奶对自己要求很严,但严中带着爱。每次奶奶去看他时,都会变戏法似的拿出一把香蕉,这是他从小就爱吃的。张璞从小耳濡目染,从奶奶身上学到了很多优秀品质,这笔无形的财富一直伴随着他。

2020年6月28日凌晨1时31分,申纪兰在长治逝世,享年91岁。前一天的凌晨4点,病床上的她将西沟村党总支书记叫到身边,谈了一个多小时。言语中,西沟村仍是她最后的牵挂:"西沟村能有今天是大家努力的成果,不能让西沟村塌了。""记住要艰苦奋斗,勤俭节约,穷家不好当。一分钱掰成两半花,省一分是一分,节省得多了也能办个事。"

申纪兰是一面旗帜,在历史和人生的舞台上以自己的劳动本色展现出巾帼风采。在西沟村生活的60多年间,她都在为西沟村的建设奔波劳碌。对于申纪兰来说,"勿忘人民"的初心早已融入了血液。她的一生,始终都在为了初心、责任、使命、荣誉而艰苦奋斗。

"太行精神光耀千秋,纪兰精神代代相传",这是习近平总书记在西沟村考察调研时对西沟村和申纪兰的高度评价,被镌刻在了西沟村纪兰党性教育基地前的一块长石上。这16个大字在新时代的阳光下熠熠生辉……

博物馆里的珍贵记忆

1953年西沟乡西沟选区选举大会现场

这张珍贵的老照片拍摄于1953年9月27日。这天，山西省平顺县西沟乡西沟选区举行选举大会，全国劳动模范李顺达（左二）、申纪兰（左一）等人被选为西沟乡人民代表大会的代表，照片展示的是代表们在观看当选证书的情形。一年后，申纪兰当选第一届全国人民代表大会代表，此后的60余年里，她成为全国唯一一位出席了第一届至第十三届全国人民代表大会的代表。她一生奔走在为人民服务的道路上，她为初心、责任、使命、荣誉而艰苦奋斗的优秀品质也成为子孙后代赓续传承的家风。

西沟展览馆

西沟展览馆坐落在山西省平顺县西沟村。在这里，你可以看到600余张珍贵的照片和100多件实物，包括

历届国家领导人接见全国劳动模范李顺达、申纪兰的照片和记录。这些照片和实物见证了李顺达、申纪兰带领西沟人民艰苦奋斗、建设山区的光辉历程,也是中国社会主义革命、建设和改革开放的一个缩影。行走在西沟展览馆的展厅里,我们仿佛聆听了一场先辈的谆谆教诲,好像目睹了李顺达、申纪兰全心全意为人民服务、为国家献计献策的壮丽人生。

14

张富清：
初心本色　付此一生

扫码听书
"声"临其境

"和我并肩作战的战士,有多少都不在了,我比起他们来,我有什么资格拿出这个立功证件去显摆自己呀?"时至今日,张富清都不愿意多给家人讲自己过去的事。

1924年,张富清出生在陕西省汉中市洋县一个贫苦的农民家庭。由于父亲早逝,大哥夭折,母亲拉扯着兄弟姐妹4人艰难度日。张富清从小就饱尝艰辛,为了减轻家中负担,他十五六岁就当了长工。1948年,张富清加入中国人民解放军,成为西北野战军的一名战士。在解放战争的枪林弹雨中,他九死一生,先后荣立一等功三次、二等功一次,被西北野战军记特等功,两次获得"战斗英雄"荣誉称号。1955年,张富清退役转业到湖北省最偏远的来凤县工作,从此为贫困山区奉献了一生。

　　退役转业的张富清从没有一刻躺在功劳簿上。他的人生就像一条曲线,30岁之前,功勋卓著,是名副其实的"战斗英雄";30岁之后,深藏功名,坚守初心,默默奉献。在部队,他保家卫国;到地方,他为民造福。粮食局、三胡区、卯洞公社、外贸局、建设银行……从转业到离休,数十年如一日,张富清就像一块砖,哪里需要就往哪里搬。

清正廉洁　干净做人

"无私,然后能至公;至公,然后以天下为心矣。"为党分忧、为国奉献、为民服务,是张富清始终如一的初心。英雄无言,他的光辉经历却感人肺腑。张富清一辈子初心不改、本色不变的感人事迹,犹如一座巍峨的精神灯塔,照亮了我们前行的路。

更难能可贵的是,他始终认为:"做这些,只是共产党员的本分,组织上已经给了我证书和勋章,我没必要再拿出来到处显摆。"说这话时,他的脸上洋溢着平和而又慈祥的笑容。

军功章,他早已压进了箱底。60多年来,张富清刻意尘封功绩,连自己的儿女也不告诉,因为在他眼中,为人民服务就是自己的本职工作,谈不上什么荣誉。

馒头、白开水,便是张富清一天生活的开始。锅里蒸腾的白色水汽与熏黑的厨房天花板相映衬,在这间建造于20

世纪80年代的屋子里弥漫。

泛黄的窗台、斑驳的墙壁,床、书桌、柜子等几件简单的家具组成的这个家,便是张富清离休后待得最多的地方。每天早晨起来,他看看国际新闻,然后坚持拖着因病截肢的身子下楼锻炼,和老伴儿一起买菜,中午带个米面粑粑回来当午饭。午休后,他会阅读《人民日报》,晚上准时收看《新闻联播》。

家里的拖把是张富清把旧衣服剪碎后自制的,餐桌也是他用一条旧凳子加几块木板拼成的。

张富清经常翻阅的《新华字典》

在磨得发亮的书桌上有两本被翻掉封面的《新华字典》,被张富清用透明胶补粘了一道又一道。多年来,张富清坚持使用字典学习,他笑称字典是"无声的老师"。

张富清学习《习近平总书记系列重要讲话读本》的用书及日记

在张富清的书桌上，一本2016年版的《习近平总书记系列重要讲话读本》格外引人注目。因为时常翻阅，书的封皮四周已经有些卷翘。书里还布满了各种不同颜色、不同形状的标记，书页中的空白处的字迹，则是张富清手写的学习体会与收获。

在书的第110页的一段文字旁，他这样写道："要不断改造主观世界，加强党性修养，加强品格陶冶，老老实实做人，踏踏实实干事，清清白白为官，始终做到对党忠诚、个人干净、勇于担当。"

"个人干净、勇于担当。"张富清是这么要求自己、也是这样要求家人的。

离休前，他清正廉洁，坚持高标准严格要求自己和家人，从不占老百姓的便宜，还经常自己掏腰包为群众排忧解难。

20世纪60年代，张富清任三胡区副区长，妻子孙玉兰在区里的供销社上班。随着精简退职工作的开展，为推动改革，张富清率先动员妻子从供销社离职。

此后，张富清的妻子面对几个孩子嗷嗷待哺的情况，为了贴补家用,当保姆、养猪崽儿、捡柴火、学缝纫、打零工……把能想到的活儿,几乎都干了个遍。

张富清还坚决不给儿女开后门找工作。离休后,他依然保持着自己一贯的朴实、纯粹的作风,坚决不给组织添麻烦。张富清常说:"我是国家干部,如果我给了自己家里人方便,那以后我怎么去领导群众呢?这不是以权谋私吗?所以我坚决不能做,我是国家干部,就要为广大群众办事。"

深藏功名　淡泊名利

1955年,张富清从部队退伍转业。他本可以选择到大城市工作,或者回到自己的家乡陕西,衣锦还乡。但当了解到在湖北,恩施地区最艰苦、最缺乏人去建设时,张富清毅然来到湖北恩施最偏远的来凤县,在这里重新建功立业,默默为民造福。

张富清说:"任何人都想在条件好的地方工作,可是困难的地方,我不去哪个去,党员不去哪个去?党员应该带头,应该在艰难困苦面前迎难而上啊。我从没有考虑过个人怎么样,死我都不怕,我还怕苦?"

张富清平实的话语中,饱含着一名共产党员对党、对人民、对祖国的赤子情怀。

"一生中,我永远不会忘记当初参军、入党的情景……""是党培育了我,把我从一个一无所有的穷小子,培养成一个享受革命荣光的共产党员……"这些掷地有声的话语,这种对党深厚的感恩之心,无不反映出张富清坚持为党、为人民奋斗不息的信念。

作为已有70多年党龄的老党员、老战士,从入党宣誓那天起,他就始终秉持"为共产主义奋斗终生,随时准备为党和人民牺牲一切,永不叛党"的信念,几十年如一日,历经艰难困苦,从未改变,从未动摇。

"战场上死都没有怕,我还能叫苦磨怕了?"他用扎根山乡的选择和兢兢业业的工作,交出了一名老兵,一名党员践行全心全意为人民服务宗旨的赤诚答卷。

忠诚不改　　初心不忘

张富清把对党忠诚的信念融入血脉灵魂,锻造了精神上的"四梁八柱"。"战场上,一个人心中有信仰,就有气场。我打仗的秘诀就是不怕死。一冲上阵地,满脑子是怎么消灭敌人,决定胜败的关键往往是信仰和意志。"张富清说。

战场上,他始终坚守"党指到哪里,就走到哪里、打到哪里"的铮铮誓言,一次次穿越枪林弹雨,九死一生,仍勇往直前、战斗不止。

1948年11月,惨烈的永丰战役在陕西蒲城爆发了,这是配合淮海战役的一次重要战役。

"天亮之前,不拿下碉堡,大部队总攻就会受阻,解放全中国就会受到影响。"上级指挥员的话,让张富清做出一个决定。他主动请缨,带领自己所在突击连的另外两名战士

组成突击小组,背上炸药包和手榴弹,凌晨摸向敌军碉堡。

一路匍匐,张富清率先攀上城墙,又第一个向着碉堡附近的空地跳下。四米多高的城墙,三四十公斤的负重,张富清脑海里只闪过一个念头——跳下去成功就成功了,不成功就牺牲了,牺牲也是光荣的,是为党为人民牺牲的。

张富清刚一落地还没站稳,敌人就疯狂地围上来了。他立即端起冲锋枪一阵扫射,一下子就打倒了七八个敌人。突然,他感觉自己的头被狠狠砸了一下,瞬间一股热流涌了出来,他用手一摸,满手是血。

顾不上细想,他便冲向碉堡,用刺刀迅速在下面刨了个坑,把八颗手榴弹和一个炸药包码在一起,一个侧滚的同时,拉掉了手榴弹的拉环⋯⋯

那一夜,张富清接连炸掉两座碉堡,他的一块头皮也被子弹掀起。

事后,很多人问张富清为什么要当突击队员,张富清淡淡一笑:"我入党时宣过誓,为党为人民我可以牺牲一切。"看似轻描淡写的一句,却蕴含着惊心动魄的力量。

入伍后仅4个月,张富清因接连执行突击任务,作战勇猛,获得全连各党小组一致推荐,光荣地加入了中国共产党。

"我一个小小的长工,是党和国家培养了我呀!"时隔多年,张富清的感念仍发自肺腑,眼角泪湿。

生活简朴　勤俭持家

"时代楷模""全国优秀共产党员""全国模范退役军人""最美奋斗者",张富清的事迹被报道后,荣誉接踵而至。然而,老人却依旧过着俭朴恬淡的生活。

馒头、油茶汤、清水面、青菜,是老两口儿吃习惯了的饭菜,偶有剩下的饭菜,下一顿也会接着吃完,绝不浪费;旧衣服也依旧不允许丢,实在穿不了的就做成拖把。

张富清的节俭曾让孩子们"脸上不好看"。他的衣服因为常年穿、反复洗,领口变形垂到了胸口。有一次,张富清儿子陪他去医院看病,护士给他打针,张富清一抬手,衣袖顺着接缝处就裂开了,布满青筋的手臂全露了出来。"那瞬间作为子女我特别羞愧,可是他却若无其事。"儿子回忆道。

2018年,因患白内障,张富清接受了人工晶体植入手术。本已被安排植入7000元人工晶体的他,听说同病房的农民病友用的晶体是3000元的,立即"变卦"了,坚持找医生要求给自己也换成3000元的,主动"享受"农民待遇。

"他是自费,所以选便宜的,您的医疗费用可以在离休单位全额报销,可以考虑7000多的。"医生劝他。张富清摇了摇头,态度坚决:"群众能用的我怎么不能用?公费也是国家的钱,能省一点儿就省一点儿。"

张富清最心爱的搪瓷缸,上面写着"赠给英勇的中国人民解放军——保卫祖国、保卫和平"

"做人要知足,要懂得感恩,不给组织添麻烦。"这是张富清常常给家人念叨的话。他的"秘诀"是"比":和过去比、和困难群众比、和牺牲的战友比。"吃得好、住得好,比以前不知道好了多少倍,没什么要求了。"谈起生活条件,他总是这样说。

从转业到离休,张富清数十年如一日,在日常生活中,青菜、面条儿、馒头就是他的一日三餐。斑驳的墙壁,褪色的家具,从30多年前搬入至今,老两口儿的家还是老样子。细数家里的老物件,那个打满了补丁的搪瓷缸是张富清最心爱的物品。张富清表示:"补一下我就照常用,一直用了几十年,最后实在不能用了,我就把它保存起来。"

革命年代冒着枪林弹雨冲锋,转业之后主动请缨来到偏远贫困山区工作,无论时代发生怎样的变化,不论生活条件发生多大变化,张富清始终秉持"勤俭治家、带头表率"的精神品格,树立和传承良好家风。

博物馆里的珍贵记忆

张富清的立功证书及内页登记表

  这是张富清珍藏了多年的立功证书,立功登记表上详细记录了他在解放战争时立下的一次次战功。这件文物现藏于湖北省恩施土家族苗族自治州来凤县民族博物馆。

  在解放战争中,张富清常常担任"突击队员"。他经历了九死一生,两次获得"战斗英雄"荣誉称号,先后荣立一等功三次、二等功一次以及西北野战军特

> 等功一次。但是,他退役转业后从没有一刻躺在功劳簿上,而是深藏功名、默默奉献,因为他永远牢记自己是共产党员。他把自己当成一块砖,党需要自己去哪里,就往哪里搬,越是艰险,越要向前。

来凤县民族博物馆

1955年,张富清响应号召来到湖北省恩施土家族苗族自治州偏僻的山区——来凤县,在这里一干就是60多年。为了让他爱岗敬业、爱国奉献的伟大精神感染更多人,来凤县民族博物馆专门在二楼陈设了张富清先进事迹主题展。

走进博物馆,习近平总书记对张富清先进事迹的重要指示映入我们的眼帘,大厅里还播放着张富清先进事迹专题片。先进事迹展以"英雄无言　精彩人生"为主题,通过

"战斗英雄""人民公仆""永葆初心""时代楷模"四个部分展示了张富清平凡而精彩的人生。

后记

为深入贯彻落实习近平总书记关于注重家庭家教家风建设的系列重要论述，使社会主义核心价值观在广大家庭中落地生根，在全国妇联家庭和儿童工作部指导下，中国妇女儿童博物馆深入挖掘馆藏资源，精心组织实施了"家家幸福安康工程"品牌活动"家风故事汇"项目。项目以弘扬中华传统家庭美德、红色家风、社会主义家庭文明新风尚为主旨，讲述了50余位古今名人近200个生动感人的优秀家风故事和感人励志故事，录制了故事音频，并推出了"我的家风第一课"系列丛书。

丛书在扎实的故事文本的基础上，设置特色版块"博物馆里的珍贵记忆"，为读者带去集历史性、知识性、故事性、互动性于一体的延伸阅读体验，让家长和孩子一起聆听家风好故事、讲述家风好榜样、传播时代好家风。丛书致力于引导小读者品味家国情怀，感悟崇高精神，传承红色基因，赓续精神血脉，增强爱党爱国爱社会主义的情感，培育和践行社会主义核心价值观；给孩子讲好"人生第一课"，帮助他们扣好人生第一粒扣子，激励他们成长为担当民族复兴大任的时代新人。

丛书由中国妇女儿童博物馆组织专业团队倾力创作，得到全国妇联相关部门及各有关方面专家的悉心指导。同时，新蕾出版社精心组织编辑、出版，给予了大力支持。在此，我们一并表示衷心的感谢！受史料和认识的局限，书中的不足在所难免，敬请读者批评指正。

希望这套书能够得到您的喜爱！

丛书编委会
2021年9月